鎌倉江ノ電殺人事件

西村京太郎

集英社文庫

目次

鎌倉江ノ電殺人事件

第一章　メッセージ

1

第一の事件は、五月一日の午前九時に起きた。場所は、渋谷区初台《はつだい》にある、ビレッジ初台という七階建てのマンションの、五〇五号室だった。

殺人事件発生の知らせを受けて、警視庁捜査一課の十津川《とつがわ》班が現場に到着したのは、通報から七分経《た》った午前九時七分である。

地元代々木警察署の刑事二人が、すでに、到着していて、十津川を案内した。

二ＬＤＫの広い部屋である。

被害者は、俯《うつぶ》せに、倒れていた。

白いバスローブを羽織っている。

刑事の一人が、死体を、そっと仰向《あおむ》けに直した。

若い男の顔が現れた。おそらく、唇を強く噛《か》んだのだろう。一筋の血が、唇から溢《あふ》れて固まっている。

テーブルの上には、シャンパンの瓶とシャンパングラスが、二つ置いてあり、片方のシャンパングラスは、横になっている。

（おそらく、青酸カリによる中毒死だな）

と、十津川は、思った。

訪ねてきた犯人が、この二十畳のリビングルームに、被害者と二人で、向かい合った。シャンパンが開けられ、二人が、それを、お互いのグラスに注《つ》いで、乾杯する。そして、被害者は、毒の入ったシャンパンを飲んで、死亡した。

十津川は、頭の中で、そんな筋書きを想像していた。

「被害者の名前は、原田大輔《はらだだいすけ》。この部屋に住んでいるN大の一年生で、年齢は十九歳です」

所轄署の若い刑事が、十津川に、説明した。

「被害者は、この部屋に、一人で住んでいたのか？」

「管理人に、確認したところ、一人暮らしだそうです」

「まだ十代の大学一年生が、こんな広い部屋に、一人で住んでいるなんて、ちょっと、贅沢《ぜいたく》だな」

「被害者の父親は、かなりの資産家だそうです」

地元の刑事が、いった。

鑑識が、室内の写真を撮ったり、ドアやテーブルやシャンパングラスから指紋の検出を始めた。

死体を診ていた検視官が、

「死んだのは、おそらく、昨夜の十時以降じゃないかな。死後数時間以上、経っていることは、明らかだよ」

と、十津川に向かって、いった。

十津川は、それを聞きながら、目は、リビングルームの、ソファの横に置かれた奇妙な置き物に、注がれていた。

それは、高さ十五、六センチの、猫の置き物だった。

十津川が、じっと、見つめていたのは、そのガラスの猫の顔に、白い紙が貼られていて、そこに、黒のマジックで「2」と書かれていたからである。数字の「2」である。

「あれは、君たちが、置いたのか？」

十津川は、地元警察の刑事に、きいてみた。

「いいえ、違います。われわれは、関係ありませんよ」

と、相手が、答える。

「それじゃあ、犯人が、置いていったのか？」

十津川が、つぶやくと、西本《にしもと》刑事が、片手で、そのガラス細工の猫の置き物を、持ち上げた。

途端に、何が、どうなったのかは、分からないが、不意に、小さなエンジン音が聞こえて、ソファの陰から、オモチャの電車が、走り出してきた。

前照灯が、点滅している。

近くにいた西本刑事が、ぶつかりそうになり、あわてて、身をかわした。

一両編成の模型の電車は、灯《あか》りを点滅しながら突進し、椅子にぶつかって横転、車輪が空回りを始めた。

日下《くさか》刑事が、横倒しになったオモチャの電車を拾い上げ、スイッチを切った。その後、電車を、十津川に渡した。

「犯人が、置いていったものだとすると、いったい、何のつもりなんでしょう？」

と、日下が、いう。

「これは、江ノ電だよ」

十津川が、いった。

最近、非番の時に、妻の直子《なおこ》と二人で、鎌倉に、遊びに行き、その時に、乗った江ノ電である。グリーンと、黄色のツートンカラー、正面に、鎌倉—藤沢間の小さなプレートが、かかっている。

「こんな仕掛けをして、犯人は、いったい、何がいいたいのですかね？」

首を傾《かし》げながら、亀井《かめい》も、同じことを口にした。

十津川は、黙って、オモチャの江ノ電を、見ていたが、それを、テーブルの上に置くと、急に思い立って、シャンパンのボトルを、手に取って、持ち上げてみた。

すると、ボトルの底に、紙が貼ってあり、「1」という数字が、マジックで、書かれていた。

2

小さな紙に、黒のマジックで書かれていた1と2という数字は、いったい、何を意味するのだろうか？　殺された被害者が、そんなマネをするはずがないから、やったのは、犯人だろう。

犯人が残したメッセージだとすれば、1は最初の殺人を意味し、被害者である大学一年生、十九歳の原田大輔のことを指しており、そして、数字の2は、次の殺人を予告しているのではないか？

そう受け取るのが、常識的な線ではないのか。

しかし、今は、被害者の原田大輔を殺した犯人を、一刻も早く、逮捕しなければならない。

十津川は、まず、マンションの管理人から、被害者、原田大輔のことをきくことにした。

十津川が、警察手帳を示して、きくと、

「原田さんが、このマンションに引っ越してきたのは、先月の、四月一日ですから、まだ一カ月しか、経っておりません」

と、小柄な管理人が、いった。

N大に合格した後、被害者の両親が、大学に近いこのマンションの、五〇五号室を契約したのだという。

「部屋代は？」

十津川が、きく。

「一カ月二十万円です。それに、敷金や礼金なども必要ですから、入居前に五カ月分を一度に払われて、それから、お住まいになっていらっしゃいます」

と、管理人が、いった。彼の頭の中では、まだ、原田大輔は、死んでいないのだろう。

家賃が一カ月二十万円で、その五カ月分といえば、百万円である。

「両親は、金持ちだと、聞いたのですが、本当ですか？」

亀井が、きく。

「契約の時に、お父さんから、名刺をいただいていますよ」

管理人は、原田大輔の両親のことを、話してくれた。

父親は、山形県の県会議員で、母親は、上山《かみのやま》温泉で、大きなホテルを、経営しているという。

すぐ、亀井刑事が、その名刺に書かれた、電話番号に、電話をかけて、原田大輔が、殺されたことを伝えた。その間も、十津川は、管理人に、

「山形から、こちらに引っ越してきて、一カ月ほどしか経っていないわけですが、彼のところに、友人が遊びに来たことが、あったんですか？」

「ええ、まだ一カ月ですが、何人も、見えましたよ」

と、管理人が、答える。

一カ月の間に、同じ年ぐらいの若い男女が、遊びに来て、深夜に、どんちゃん騒ぎをし、ほかの部屋から、苦情が出たこともあったらしい。

マンションの裏には、駐車場があって、原田大輔の車、ベンツの、二人乗りのオープンカーも、そこに置いてあると、管理人が、いった。

「真っ赤な車で、新車なら、一千万近いそうですよ」

死体は、司法解剖のために、大学病院に運ばれていった。その後で、刑事たちは、二LDKの部屋を、たんねんに、調べていった。

どの部屋からも、豊かな若者の部屋という感じが漂ってくる。

スチールギター、パソコン、液晶テレビに繋《つな》がれているゲーム機、寝室には、キングサイズのベッド、机の引き出しには、現金が四十万円ばかり、封筒のまま、無造作に入っていた。

クローゼットルームにあるスーツの内ポケットには、運転免許証と、キャッシュカードや、ホテルの会員証などの入った財布が入っている。

財布の中に入っていたのは、五万六千円。刑事たちが、いちばん欲しかったのは、交友関係を示すような、手紙や写真だったが、そうしたものは、ほとんど、見つからなかった。

その代わりに、机の上にあった、携帯電話には、男女十五人の名前と電話番号が、インプットされていた。

この十五人に、当たっていけば、果たして、この中から、容疑者が浮かんでくるだろうか？

十五人の電話番号は、ほとんど、東京だったが、神奈川県が三人、千葉県が一人いた。どうやら、この十五人は、原田大輔と同じ、N大の学生で、神奈川や千葉の男女は、そこから、新宿にある大学に通ってきているのだろう。

さらに、パソコンの中を調べると、被害者と一緒に写っている若者たち五、六人の写真を、何枚か見つけることができた。

「とにかく、この十五人の男女に当たってみることにする」

十津川は、刑事たちに、いった。

刑事たちが、二人ずつでコンビを作り、十五人の男女を、分担して、事情を聞きに、行くことになった。

刑事たちが、聞き込みに回っている間、午後になって、山形から、原田大輔の両親が、到着した。

3

両親を、まず大学病院に案内して、遺体の確認をしてもらった後、十津川が、話を聞いた。

父親の名前は、原田健一郎《けんいちろう》。県会議員だというだけあって、落ち着いて、十津川の質問に、答えてくれた。

「大輔には、兄が一人いまして、今、私の秘書を、やらせています」

と、原田健一郎が、いう。

母親の恵子《けいこ》のほうは、さすがに憔悴《しょうすい》した顔で、十津川に、

「どうして、こんなことになってしまったんでしょうか？　大輔に、何があったんでし

ょうか？」

「いや、今のところ、まだ、何も、分かりません。それを、これから、私たち警察が、調べるのです」

と、十津川が、答え、

「そのためにも、ご両親の協力が、必要です。亡くなった大輔さんが、どんな息子さんだったのか、まず、それを、話していただけませんか？」

「兄の明人《あきひと》は、長男らしく落ち着いていて、物静かな人間ですが、大輔のほうは、よくいえば明るい性格で、悪くいえば、少しばかり、はしゃぎ過ぎるようなところが、ありました。そのおかげで、たくさん、友だちがいるようですが」

と、原田健一郎が、いう。

「小学校から高校までは、地元の学校ですか？」

「ええ、そうです。ずっと、山形市内の学校でした」

「今、原田さんは、大輔さんは、明るい性格で、少しばかりはしゃぎ過ぎのところがあると、おっしゃいましたが、これまでに、友だちとの間で、何か問題を起こしたようなことは、ありませんでしたか？」

「いや、そんなことは、一度も、ありませんでしたよ」

父親は、怒ったような口調で、いい、母親は、

「お友だちは、たくさんいました。はしゃぎ過ぎるところがあると、主人が、いいましたが、たしかに、大輔は、少しばかりイタズラ好きでしたけど、そのことで、お友だちと、トラブルになったり、警察沙汰になるようなことは、一切ございません」

と、きっぱり、いった。

「息子さんは、バスローブを着て、亡くなっていました。現場の状況から見て、誰か、親しい人が遊びに来ていて、その人物が、毒入りのシャンパンを勧め、息子さんは、それを飲んで、亡くなったものと思われます。このことで、何か、心当たりのようなものは、ありませんか？　どんな小さなことでも、結構なのですが」

「全くありません。たぶん、大輔が、あまりにも、人を信用し過ぎたのが、いけなかったんじゃないですかね」

父親の健一郎が、そんないい方をした。

「それは、どういう意味ですか？」

「昔から、大輔は友だちと一緒になって、はしゃぐのが、大好きでした。その上、友だちのことを信じて、ペラペラと、いろいろなことを、しゃべってしまうのです。上京する前、私は、大学時代に、アルバイトをするな。生活費については、全部、私が、面倒を見るからと、大輔には、そういいましてね。月に五十万から百万の金を、仕送りすることになっていたんです。そんなことも全部、大輔は、友だちに、話していたんじゃないでしょうか？　それで、大輔は、その金を目当てに、誰かに、殺されてしまったのではないでしょうか？」

「いや、それはないと思いますよ」

と、十津川が、いった。

「どうしてですか？」

「クローゼットルームに、大輔さんのスーツが、あったのですが、その内ポケットの財布が、そのままになっていて、五万六千円の現金も、残っていたんです。机の引き出しには、封筒に入ったままの四十万円の現金が、そのままそっくり、残っていましたから、犯人が、金目当てに、大輔さんを殺したとは、思えないのですよ」

「そうなると、ますます、私には、見当がつかない」

健一郎は、小さくため息をついた。

十津川は、携帯にインプットされていた、十五人の男女の名前を書いたメモを、取り出し、両親に見せて、

「この中に、知っている名前はありますか？」

両親は、じっと、そのメモを見ていたが、

「この、白石翔《しらいししょう》さんという人なら、知っています」

と、母親が、指さしながら、いった。

その白石翔は、原田大輔の、高校時代からの友人で、昨年一緒に、N大を受験したが、二人とも、いい合わせたように失敗。一年間の浪人の後、今年、二人とも合格したのだという。

「高校の三年間を通じての友人、つまり、親友ですか？」

「ええ、そうです。この白石さんのお宅も、ウチと同じように、上山温泉で、ホテルをやっているんですよ。そんなこともあって、大輔と仲がよくて、よくウチにも遊びに来ていましたし、大輔も、白石さんのお宅に遊びに行っていました」

と、母親が、いった。

「ところで、お二人は、江ノ電に、乗ったことがありますか？」

と、突然、十津川が、話題を変えてきくと、二人は、エッという顔になって、

「それは、どういうことでしょうか？」

と、父親が、きいた。

「神奈川県に、江ノ電という電車が、走っていましてね。鎌倉と藤沢の間、約十キロを結んでいる、二両か、四両編成の小さな電車なんですよ。ひょっとして、その電車に、乗ったことが、おありになるんじゃないかと、思いましてね。それで、おききしたのですが」

「いや、一度も、ありません。江ノ電という名前も、今初めて、刑事さんに、聞きまし

た」

結局、犯人は、第二の犯行を予告するかのように、江ノ電のオモチャの車両を、置いていったが、第一の殺人とは、直接の関係が、ないのかもしれない。

十津川が、考えていると、

「息子の遺体は、いつ、引き取らせてもらえますか？」

父親の健一郎が、きいた。

「一つ、お願いがあるのですが」

健一郎の問いには答えず、十津川が、いった。

「どんなことでしょうか？」

「できれば、東京で、大輔さんの葬儀を、やっていただきたいのですよ」

十津川が、いった。

「どうしてですか？」

と、母親が、きく。

「大輔さんは、東京のマンションで、殺されました。犯人も、東京近辺に住んでいるのではないかと、思えるのです。もし、東京で、葬儀が行われれば、犯人も、参列するかもしれません。それで、無理なお願いをしているのですが」

両親は、しばらく、小声で、相談し合っていたが、

「分かりました」

と、父親が、いってくれた。

「私たちも、一日も早く、犯人を、捕まえていただきたいと、思っています。あのマンションの近くのお寺で、大輔の葬儀を、やることにしましょう」

4

代々木警察署に、捜査本部が、置かれた。

そこで、十津川は、刑事たちが調べてきた、十五人の男女についての、報告を受けた。

十五人の男女は全て、原田大輔と同じ、N大の一年生の名前だという。

「全員が、ビックリした顔で、自分は、関係ないと、いっています」

亀井刑事が、十津川に、いった。

「連中は、原田大輔のことを、どんなふうにいっているんだ？」

「私が話を聞いた三人は、男二人に女一人でした。原田という男は、いつも、金を持っていて、人に奢《おご》るのを、楽しんでいるかのように見えた。ずいぶん、奢ってもらった。そんな友人を殺す奴《やつ》はいないと思うと、三人とも、そういっています」

と、西本が、いった。

次の、日下刑事の報告も、同じようなものだった。

「私が担当したのは、女ばかり四人ですが、やはり同じように、原田大輔は、お金持ちで、いつも、気前よく奢ってくれるから、大好きだった。その中の一人は、原田の運転する、真っ赤なベンツのオープンカーで、箱根までドライブしたことがあると、いっていましたね」

三人目の刑事、三田村《みたむら》刑事は、

「私が担当したのは、男二人と女二人の四人ですが、その中の男は、原田のマンションで、大騒ぎをして、ほかの住人から、怒られたことがあると、いっていましたね。また一人の男は、原田と二人で、歩行者天国に行き、ナンパをしたことがある。そういっていました」

「そのナンパは、うまくいったのかね？」

「もう少しで、女子大生二人を、原田のマンションまで、連れていけるところだったが、途中で、少しばかりふざけ過ぎて、帰られてしまった。そういって、笑っていました」

ほかの刑事たちの報告も、似たようなものだった。

付き合っていて楽しい。よく奢ってもらった。一緒に騒ぐのが楽しかった。同窓生は、みんなが、そういうらしい。

高校時代からの親友だという、白石翔に話を聞いた北条早苗《ほうじょうさなえ》刑事は、こんな報告を、十津川にした。

「白石翔は、こんなことを、いっていました。自分は、山形の高校を出て、東京の、N大に入った。それで、少しばかり、緊張してしまっていたのだが、原田大輔は、全く変わらなかった。やっぱり、金持ちの息子は違うなと、思ったそうです」

5

東京に残った両親、原田健一郎と恵子は、次の日、五月二日に、息子の遺体を、荼毘《だび》に付し、三日には、マンション近くのR寺で、葬儀を行った。

喪主は、父親の原田健一郎である。

その葬儀のことは、N大にも知らせてあったので、教授二人と、一年生の五、六十人が、参列した。

十津川は、平服で、部下の刑事たちと一緒にR寺に行き、参列者を、ビデオテープで撮った。

しかし、これといった怪しい人物は、現れなかったし、不審な行動を取る者もいなかった。

翌日の五月四日、十津川は、亀井と二人で、鎌倉に、行ってみることにした。

前もって、神奈川県警に、話をしておいたので、鎌倉警察署に着くと、県警の矢吹《やぶき》という警部が、待っていてくれた。

十津川は、矢吹に、東京で起きた殺人事件を話した後、殺人現場にあったのと同じ、オモチャの江ノ電を、矢吹に渡して、

「殺人現場の、リビングルームに、ガラスの猫の置き物が、置いてありましてね。猫の顔に、白い紙が貼られていて、黒のマジックで、数字の2が、書かれてあったのです。何気なく、ガラスの猫を持ち上げた途端に、ソファの裏から、このオモチャの江ノ電が、走り出してきましてね。椅子にぶつかって横転したのです。その後、気になって、殺人現場のテーブルの上にあった、シャンパンのビンを持ち上げると、底に紙が貼ってあって、それには、1と書いてあったのです」

「それが、犯人のメッセージというわけですか？」

「まだ分かりませんが、もし、犯人からのメッセージだとすれば、第一の犠牲者は、原田大輔という大学生、そして、江ノ電に関係のある人間か、あるいは場所で、第二の殺人が実行されると、考えているのです」

「最初に殺された原田大輔という大学生ですが、彼も、江ノ電に関係があるんですか？」

「それは、まだ分かりませんが、部屋を調べた限りでは、江ノ電の写真も、ありません

でしたし、原田大輔自身も、鉄道マニアでもないようで、オモチャの江ノ電は、犯人が持ち込んだと思っています」

「すると、第一の殺人と、第二の殺人の間には、あまり関係がないのでは？」

と、矢吹が、いった。

「それで悩んでいるのです。犯人は、二人目として、江ノ電に関係のある人間か、あるいは、江ノ電に関係のある場所で、誰かを殺すつもりでいるのでしょうが、第一の殺人の被害者と、全く関係がなければ、これから起こるであろう第二の殺人について予想するのが、難しくなります」

十津川が、いった。

「しかし、江ノ電と関係があることは、信じているんでしょう？」

矢吹が、十津川の顔を、覗《のぞ》き込《こ》むように見た。

「そうですね。犯人が、現場にメッセージを残して、次の殺人を予告するという事件は、これまでにも、何回か担当したことがあります。ただ、犯人は、たいてい、警察にも分かるようなメッセージを、残していくんですよ。次の殺人を、京都で実行するとすれば、京都という字を、残していきます。列車の中での殺人を、考えているとすれば、その列車の名前を、書いていきます。その点、今度の犯人のメッセージは、少しばかり漠然としすぎています。何しろ、江ノ電の、オモチャですからね。江ノ電の中で、人を、殺すというのか？　江ノ電が走っている沿線で、人を、殺すつもりなのか？　あるいは、江ノ電の関係者を、殺すつもりなのか？　それが、はっきりしないのですよ」

「たしかに、十津川さんのいうように、漠然としていますね。江ノ電は、十キロの短い距離を走っているが、それでも、江ノ電が走っている沿線となると、やたらに、広いですよ」

「私も、江ノ電に乗ったことがあるんですが、かなり面白い電車ですね」

十津川が、気分を変えて、いうと、矢吹が、笑って、

「電化されているんですが、単線で、家の軒下すれすれのところを、走りますからね。また、海岸沿いも走るので、人気があって、日曜日や祭日には、江ノ電に乗るためにだけ、鎌倉や藤沢にやって来るという、鉄道ファンや観光客も、たくさんいるんですよ。今日はゴールデンウィークですが、先ほど駅を見に行った限りでは、それほど混んではいませんでしたよ」

と、矢吹が、いった。

6

十津川と亀井は、県警の矢吹警部と一緒に、鎌倉から、江ノ電に乗ることにした。

矢吹は、それほど混んではいなかったと、いったが、ホームには、明らかに、地元の人間ではない観光客が、列を作っていた。三人も並んだ。

列車が動き出すと、観光客たちは、歓声を上げた。

単線で、しかも、家の軒下すれすれを、走るから、スリルがあるといえば、スリルがあるのだ。

ワンマン電車で、運転手が一人で、走らせていく。

無人駅に着くと、運転手は、サッと、ホームに降りて、電車から降りてきた人たちから、切符を集めている。

途中から、海が見えてきた。

電車が、鎌倉高校前駅に着くと、カメラを持った観光客五、六人が、降りていった。

「この駅のホームから、前面に、海が広がっていますからね。ここで降りて、海の写真を撮る人が、多いのです」

矢吹が、説明してくれた。

次が、腰越《こしごえ》駅。義経《よしつね》で有名な駅である。

そして、江ノ島駅。

こうして見てくると、やはり、観光客がよく乗るということも、うなずける。

どの駅でも、歴史と、景色の美しさの両方を楽しめるからだ。

終点の藤沢駅で降りると、今度は、そこに待たせておいた、神奈川県警のパトカーで、始発の鎌倉駅まで、車の中から、江ノ電と、周辺を観察していった。

車から見ていっても、やはり、江ノ電という電車の、特殊性が、よく分かった。

沿線には、有名な寺社が多い。また、江の島には、弁財天があり、近くには、魚を売っている店が、ズラリと並んでいる。

途中の腰越で、矢吹を交えて、昼食を取ることにした。

三人は、わざと、江ノ電の電車が見える店に、入った。

ここには、江ノ電の沿線の地図を描いた、パンフレットがあった。無料である。十津川たちは、それに、目を通してみた。

パンフレットによると、店から歩いて七、八分のところに、小動岬という場所がある。小さく動くと書いて、「こゆるぎ」と、読むらしい。

この小動岬は、あまり人に知られていないが、学生時代の太宰治《だざいおさむ》が、女給と心中を図った場所で、太宰治は、その時の経験から、「道化の華」という小説を書いたと、パンフレットには書いてある。

十津川も、二十代の頃には、太宰治が好きで、彼の作品を、よく読んだ。太宰治というと、どうしても「津軽」が有名だが、鎌倉にも、太宰が、心中を図った場所があるというのは、十津川には、面白かった。

昼食を済ませて、海岸に、出てみると、まだ水温は低いだろうに、何十人ものサーファーが、黒いウェットスーツ姿で、波と戯れていた。

矢吹の話では、真冬でも、この海岸には、サーファーが、集まってくるということだった。

十津川は、今日は、鎌倉に一泊して、もう一度、亀井と二人で、江ノ電に乗ってみてから、東京に、帰るつもりになっていた。

鎌倉の旅館に入った後、東京の捜査本部に電話をした。

捜査本部にいる西本は、

「依然として、容疑者は、浮かんできていません」

と、いう。

犯人が、青酸カリ入りのシャンパンを、被害者、原田大輔に、飲ませて殺しているので、犯人が、女性の可能性も強いのだが、その点について、西本は、

「同じN大の女子学生に話を聞くと、誰もが、被害者の原田大輔は、一緒に遊んでいて楽しい。女性にモテるタイプだから、殺す気には、ならないのではないかと、そういっていますね」

「かなり派手に、遊んでいたらしいな？」

「そうですね。かなり派手に遊んでいたようです。ただ、特定の恋人のような女性は、

いなかったようです。何しろ、山形から出てきて、東京の大学に入って、まだ、一カ月ですからね。特定の恋人が、いなくても、おかしくはありません。それでも、よくマメに女子学生を誘って、ドライブに、行ったり、自宅マンションに、連れて来たりはしていたようです」

「男の学生が、ヤキモチを妬《や》いて、殺したという線は、ないのか？」

「それも、考えられませんね。特定の彼女がいなかったということもありますし、とにかく、女子学生も男子学生も一緒に、自宅マンションに呼んで、ワーワー騒ぐのが、好きだったようですから」

「大学に入ってから、誰かと、ケンカしたことはなかったのか？」

「調べた範囲では、ありませんね」

「原田大輔には、どんな趣味が、あったんだ？ 女遊びのほかにだがね」

「大学では、仲間と、バンドを結成しています。バンドでは、ギターを弾いていたようです。友だちにきくと、ギターの腕前は、かなりのもので、今年の夏休みには、歩行者天国にでも行って、演奏してみようじゃないかと、話し合っていたそうです」

「そうか、バンドを、やっていたのか」

「引き続き、聞き込みをやっていますが、どうも、原田大輔が、誰かに憎まれていたといった話は、一向に、聞こえてきませんね」

「しかし、間違いなく、誰かに、憎まれていたんだ。だからこそ、原田大輔は、殺されたんだ」

と、十津川は、語気を強めて、いった。

7

翌朝、十津川は、枕元に置いた携帯の鳴る音で、目を覚ました。起き上がって、携帯を取る。

「県警の矢吹です」

と、相手が、いった。

反射的に、十津川は、枕元の腕時計に、目をやった。

まだ午前七時半である。

「何かあったんですか？」

（こんなに朝早く、県警の警部が、電話をしてくるのは、ただ事ではない）

と、思ったからである。

「十津川さんのいった、第二の事件が起きましたよ。場所は、江ノ電の極楽寺《ごくらくじ》駅と稲村《いなむら》ケ崎《がさき》駅間にある踏切です。江ノ電が、その踏切で、三十代の女性を、はねました」

「それじゃあ、江ノ電が、人を、殺したのですか？」

「いや、少し違います。江ノ電に、はねられる前、すでに、その女性は、死んでいたのです。誰かが、その踏切に、死体を置いたんですよ。江ノ電の運転手は、踏切の上に、横たわっている人間を発見して、ブレーキをかけたが、間に合わなかったと証言していました。一瞬、運転手は、自分が轢《ひ》き殺してしまったと思ったようですが、調べたところ、轢かれた女性は、すでに死んでいて、いわゆる、死後轢断《れきだん》です」

「分かりました。すぐ行きます」

朝食を取っている暇はなかった。

十津川と亀井は、タクシーを拾って、問題の踏切に、向かった。

踏切の手前には、すでに、テープが張られて、進入禁止になっている。江ノ電も、停《と》まっているらしい。

小さな踏切だった。

踏切を渡ったところは、低層で、中古のマンションが建っていた。

そのマンションに、行くために、問題の女性は、この踏切を渡ろうとして、犯人に殺されたのか。それとも、どこか、別の場所で女性を殺しておいて、わざわざ、この踏切まで、運んできて、放置したのか？

死体はすでに、踏切の中から外に運ばれていた。衣服が、血で汚れているのは、江ノ電が、はねた時のものだろう。損傷が少なかったのは、江ノ電のスピードが遅かったためと思われる。

矢吹が、十津川たちを、迎えた。

「ご覧のように、三十代の女性です。まだ、身元は、分かりません。ハンドバッグも、持っていませんし、運転免許証もありませんから」

「犯人が殺しておいてから、ここまで、車か何かで、運んできて、踏切に置いた。そういうことになりますね？」

「おそらく、そうでしょう」

年齢は三十代、身長は、百六十五センチぐらい。やや、痩せている。

「被害者をはねた車両は、乗客のために、次の駅まで動かしています」

と、矢吹が、いった。

「女性をはねた時、踏切は、警報が、鳴っていたのですか？」

「運転手の話によると、踏切の警報は、鳴っていた。だが、直前で、カーブしているので、見通しは悪い。それで、踏切の近くに来てから、踏切上に横たわっている女性を発見した。あわてて、ブレーキをかけたといっています」

「死後轢断だということは、間違いないんですか？」

亀井が、きいた。

「間違いありませんね。ご覧のように、死体には、のどを、絞められた跡が、はっきりと、ついています。したがって、江ノ電にはねられる前に、死んでいたと、確信しています。司法解剖をすれば、もっと、はっきりするでしょうが」

と、矢吹が、いった。

十津川は改めて、仰向けに横たわっている死体に、目をやった。

初夏らしく、明るい色の、ワンピースである。ブランド物の、ハイヒール。江ノ電にはねられた時に、片方が、脱げていたと、矢吹が、いった。

「ハイヒールには、シャネルのマークが、入っていましたね」

「ええ、ウチの女性刑事がいうには、着ている服も、履いているハイヒールも、ブランド物で、腕時計もシャネルだそうです」

矢吹は、被害者が、この辺りに、住んでいる女性ではないかと考えて、刑事たちに、踏切周辺の、聞き込みをやらせていると、十津川に、いった。

しかし、聞き込みに回った、刑事たちは、これといった収穫を、もたらさなかった。

近くの家やマンションでは、殺された女性のことは、知らないという答えしか、返ってこなかったという。

被害者は、地元の人間ではなくて、観光客なのだろうか？

死体は司法解剖に回され、鎌倉警察署に、捜査本部が置かれた。

十津川と亀井は、改めて、矢吹と、話し合った。

「私の関心は、踏切で死んでいた三十代の女性が、東京の殺人現場で、犯人のメッセージとして残っていた、第二の殺人の、被害者なのかということです」

十津川が、いった。

「その点、十津川さんは、今、どう考えておられるのですか？」

矢吹が、逆に、きいた。

「まだ、何ともいえませんね。身元がはっきりすれば、それが、判断の材料になると思うのですが」

「これが、連続殺人事件ということになれば、警視庁と、神奈川県警の、合同捜査になりますね」

矢吹が、いった時、捜査本部の、電話が鳴った。矢吹が受話器を取って、

「捜査本部」

と、いった後、急に、声が変わった。

「分かりました。すぐ行きます」

「大事な知らせですか？」

「今、江ノ電の鎌倉駅から、電話があったのですが、五、六分前に、駅舎の中に、いきなり、ハンドバッグが、放り込まれたんだそうです。そのハンドバッグには、紙が貼り

つけてあって、『踏切の忘れ物』とあったそうです」

矢吹の言葉を聞いて、十津川の顔色も、変わった。

8

鎌倉駅の駅員が、見せてくれたのは、白のシャネルの、ハンドバッグだった。

シャネルのマークが、隠れるくらいの紙が、貼りつけてあって、黒のマジックで、

「踏切の忘れ物」

と、書いてあった。

矢吹が、手袋をはめた手で、ハンドバッグを開けて、中身を、テーブルにあけた。

目に入ったのは、第一の殺人現場にあったのと同じ、オモチャの、江ノ電だった。小さいが、精巧にできた、江ノ電のオモチャである。

十津川が、手に取って、中を覗いてみると、どうやって入れたのかは、分からないが、車内の床に、小さな人形、フィギュアが、倒れているのに気がついた。

背広姿の、一見すると、サラリーマンに見える、よく模型店に売っている、フィギュアである。

矢吹も、覗き込んで、

「これも、犯人のメッセージなんですかね？　次に殺すのは、サラリーマン、場所は江ノ電の車内。そういうことですかね？　十津川さんは、どう、思われますか？」

「何ともいえませんが、東京で起きた殺人事件の犯人と、江ノ電の踏切に死体を置いた犯人とは、おそらく、同一人物でしょう」

と、十津川が、いった。

第一の殺人現場で、十津川たちは、犯人のメッセージとも取れる、猫の置き物を、見ている。そこには、数字の2が書かれてあった。

それを、第二の殺人の予告と考え、十津川は、亀井と二人、江ノ電に、乗ってみることにしたのである。

それなのに、第二の殺人事件を、防ぐことができなかった。その腹立たしさと、自らの力のなさに、十津川の顔色が、いくぶん青ざめていた。

「まるで、犯人は、殺人を、楽しんでいるように、見えますね」

矢吹が、いった。

「殺人を楽しんでいるというよりも、私には、犯人が、警察に、挑戦しているように思えて、仕方がありません。だから、余計、自分に腹が立ってくるんです」

と、十津川が、いった。

「それにしても、踏切で死んでいた、被害者の身元が、分からないのでは、捜査の進めようがありませんね」

矢吹が、舌打ちした。

鎌倉警察署で行われた、一回目の捜査会議には、今後、合同捜査が必要になるだろうということで、十津川と亀井の二人も参加することになった。

「何とかして、殺された女性の身元を、明らかにしたいと、思っていますが、その方法が、見つかりません。年齢は三十代、身長百六十五センチ、体重五十四キロ、シャネルのハンドバッグ、シャネルの時計、シャネルの靴、明るい色のワンピースも、シャネルだということですから、いわゆる、シャネラーだと思いますが、今、分かっているのは、それだけです」

矢吹が、いう。

「司法解剖の結果は出たのか？」

捜査本部長が、きいた。

「五分前に、司法解剖の結果が、出ました。死亡推定時刻は、五月五日の、午前五時から六時の間で、死因は、絞殺による、窒息死です。犯人は、どこかほかの場所で、被害者を殺しておき、約一時間後に、おそらく、車だろうと、思いますが、あの踏切まで、死体を運んでいったのではないでしょうか？　周囲に、人気《ひとけ》がないのを、見すまして、死体を踏切の真ん中に、放置して逃げ去ったのです。その死体を、江ノ電が轢いてしまったというわけです」

「犯人は、被害者の、ハンドバッグの中に、江ノ電のオモチャを、入れて、鎌倉駅の駅舎に、放り込んだ。何のために、犯人が、そんなことをしたと、思うね？」

　本部長が、矢吹に、きく。

「これは、間違いなく、犯人のメッセージです。殺したのは俺だ。次に、もう一人、殺す。その殺す相手は中年のサラリーマン。今度は、江ノ電の車内で、殺すかもしれません」

「東京と神奈川で起きた、二つの殺人事件は、同一犯人の仕業《しわざ》と断定していいんだな？」

「はい。八十パーセントは、当たっていると思います」

「しかし、どうして、第二の犯行では、殺した女性の身元を、明らかにしようと、しないのかね？　第一の殺人では、被害者の名前は、すぐに、分かったんじゃないのか？この件は、十津川さんに、ききたい」

　本部長が、いった。

「第一の被害者は、N大学一年生の原田大輔、十九歳です。彼は、マンションの自室で、殺されていたので、簡単に身元が割れました」

　十津川が、いった。

「犯人は、矢吹警部がいったように、メッセージを、残している。自己主張をしているわけだ。それなのに、なぜ、二番目に殺した、女性の身元を、明らかにしないのだろう? ハンドバッグの中には、本来なら、財布とか、カードとか、運転免許証とか、入っているべきだろう? そうしたものを全て取り除いて、オモチャの江ノ電を入れて、鎌倉駅の駅舎に、放り込んだ。この行為は、少しばかり、おかしい気がするんだがね」

本部長は、十津川を見た。

「たしかに、本部長のいわれる通りです。明らかに、犯人は、自己主張をしたがっています。当然、第二の犠牲者の名前も明らかにして、どうだ、これで、犯人が分かるかという、挑戦状になるはずです。ところが、第二の殺人の被害者の身元を、示そうとしない。たぶん、第二の被害者の身元が判明すると、簡単に犯人も分かってしまう。だから、第二の殺人では、身元が、分かるようなものは、一つも、残していかなかった。そんなふうに、考えるのですが、これは、あくまでも、私の勝手な想像です」

十津川が、いった。

「君の考えは、どうだ?」

本部長が、今度は、矢吹を見た。

「私の考えは、十津川警部とは、少し違っています」

「違う? じゃあ、その違いを、説明してくれたまえ」

「たしかに、女性の身元が、分からなくて、捜査が難航しています。十津川警部は、女性の身元が、分かってしまうと、すぐに、犯人も分かってしまう。だから、被害者の身元を、明らかにするようなものは、何一つ残していかなかった。そういわれましたが、私は、今でも、女性の身元が、分かるようになっているのではないか？　つまり、犯人は、われわれに、ちゃんとヒントを与えているのに、われわれが気づいていない。そう、考えてしまうのです。もう少し、われわれが、頭を働かせれば、今でも、被害者の女性の身元が、分かるのではないかと思います」

矢吹が、いった。

「今の矢吹警部の考えを、十津川さんは、どう思う？」

本部長は、また、十津川を見る。

「たしかに、今、矢吹警部が、話されたことも、一理あると、私は、思います。犯人は、どうだ、これで、分かるかという、挑戦を、警察にしているのかも、しれません。だとすれば、矢吹警部のいわれるように、今でも、被害者である三十代の女性の身元は、分かるのかもしれません。ただ、今の私には、全く、分からないので、自分自身に、腹が立って、仕方がないのです」

と、十津川が、いった。

第二章　画家の眼

1

戸山秋穂《とやまあきほ》が、亡くなった友人からアトリエ付きの家を買い、鎌倉に住むようになって、三年になる。

戸山は、日本画家として、中堅どころと、いっていいだろう。

数年前に、妻と死別したが、その後、一人暮らしの気ままさで、再婚をする気は、今のところは、なくなっている。

戸山の一日は、大体決まっている。朝起きると、画材を担いで、家を出る。歩いて七、八分で、江ノ電の鎌倉駅に着く。

駅の東口、小町通《こまちどお》りの入口に、イワタコーヒー店がある。

そこで、コーヒーを飲み、名物のホットケーキを食べる。このホットケーキが、やたらに旨《うま》い。

その後、鎌倉駅から江ノ電に乗り、三つ目の長谷《はせ》駅で、降りる。現在、秋の個展に出すため、長谷の大仏を、描いているからである。

高さ十一メートルの大仏の周りが、渡り廊下のようになっていて、そこに屋根がついているので、雨の日でも濡《ぬ》れずに、大仏を写生できる。そのことが、戸山には、ありがたかった。

途中で疲れてきたり、筆が進まなくなってくると、戸山は写生を止めて、ゆっくりと海に向かって歩いていく。

そこに、由比ケ浜《ゆいがはま》に面して、小さな店がある。店の名前はデイジーズ・カフェ。そこで一休みしてから、もう一度、大仏の写生に、戻ることもあるし、江ノ電で、自宅に帰ることもある。

戸山は、自分で、食事を作ったことがない。夕食も、鎌倉駅近くの店で、済ませてしまう。

戸山が、よく行くのは、鎌倉丸山亭というフランス料理の店である。そこで、コースの食事を取ることが多い。

こうした一日のスケジュールを、戸山は、滅多に、変更したことはない。もちろん、行きつけの喫茶店や、フランス料理店が休みの時は、仕方なく、ほかの店に行くが、すぐ、元に戻してしまう。

友人が来た時にも、コーヒーを淹《い》れたり、食事を作ったりするのが、面倒なので、イワタコーヒー店に行って、一緒にコーヒーを飲み、食事は、鎌倉丸山亭で、フランス料理を奢《おご》る。そんな一日になってしまう。

ところが、珍しく、親戚の子供が、遊びに来ることになった。戸山に会いに来るのではなくて、江ノ電に、乗りに来るのだという。

もちろん、親も一緒に来ることになっているのだが、だからといって、五歳の子供を、コーヒー店に連れていくわけにもいかず、食事だって、フランス料理というわけにはいかないだろう。

ふさわしい店は、これから探すことにして、戸山は、子供のために、江ノ電のグッズを、買っておこうと思った。

たしか、江ノ電鎌倉駅の構内に、江ノ電のグッズが、売られていたはずである。

ガラスケースの中に並べられた、大小さまざまな江ノ電のグッズを眺めていると、突然、後ろから、

「戸山先生じゃありませんか」

と、声をかけられた。

矢吹という、鎌倉警察署の刑事である。家が近いので、時々、顔を合わせる。

矢吹は、同僚らしい男と、一緒だった。

「こちらは、警視庁捜査一課の十津川警部です」

と、矢吹は、隣にいた男を、戸山に紹介した。

「そうですか。警視庁の」

と、いったが、戸山は別に、そのことに、関心を、持ったわけではない。

矢吹のほうは、熱心に、その十津川警部に向かって、

「こちらは、私が尊敬している、戸山秋穂先生という、日本画の先生です」

と、紹介した後、

「今日は、何を、お買いにいらっしゃったんですか？」

「親戚の子供が、遊びに来るんだけど、何でも、江ノ電が、好きだというので、何かオモチャでも、買っておいてやろうと、思っているんですよ」

と、戸山が、いった。

「子供さんのお土産なら、それがいいんじゃありませんか？」

矢吹は、小さな江ノ電の模型を指さした。

戸山は、今年で還暦だが、鎌倉の住人としては、矢吹のほうが断然、先輩である。

その小さな模型には、「電動くるっぴー」という、名前がついている。値段は千五十円だ。

「このオモチャは、どこが面白いんですか？」

戸山が、きくと、それまで黙っていた、十津川という警視庁の刑事が、

「走らせると、台の端《はし》に行っても、下に落ちないんですよ」

と、説明した。

十津川は、ポケットから、全く同じ、江ノ電の模型を取り出すと、黙って、スイッチを入れて、テーブルの上に、置いた。

勢いよく、ライトをつけて、走り出す。

テーブルの端まで来ても、落ちないで、クルッと横を向いて、テーブルの縁を、走っていく。

「これは、よく、売れますか？」

十津川が、店員に、きいた。

店員は、笑顔になって、

「最近は、江ノ電ファンの人も、増えましたし、台から、絶対に落ちないということで、受験のお守りとして、受験生に人気が出てきました。本当に、よく売れますよ」

「そうですか。この中では、これが、いちばんよく、売れるんですね？」

十津川が、しつこく、店員に、きく。

「はい。よく売れますよ。それに、可愛《かわい》いといって、買っていく女性も多いんですよ」

相変わらず、店員は、笑顔で、いう。

ほかにも、江ノ電の模型が、あった。チョロQの江ノ電もあったし、ベルが鳴って、扉が閉まると、走り出す江ノ電もあった。

結局、戸山は、三種類の、江ノ電の模型を買った。

「以前、先生が描いてくださった、江ノ電の絵は、今、署長室の壁に、しっかりと飾ってありますよ」

矢吹が、いった。

鎌倉警察署の署長から頼まれて、戸山は、江ノ電の絵を描いたことがあった。それは、トンネルを出てくる、江ノ電の姿を描いた絵である。

その時、警視庁の十津川が、戸山に向かって、急に、

「先生に、少しばかり、お話を伺いたいのですが」

「私に、ですか」

ビックリして、戸山が、相手を見た。

「そうです」

「しかし、私は、絵を描くことしか、能がない人間です。警察の仕事とは、全く縁がありませんよ」

戸山は、尻込みして、いった。

「先生は、長く、この周辺に、お住まいなんでしょう？」

「ええ、鎌倉には、丸三年、住んでいますが」

「それならば、ぜひ、先生のご意見を、承りたいのです」

と、重ねて、十津川が、いった。

戸山は、少し迷った後、

「それでは、行きつけの喫茶店が、この近くに、ありますから、そこで、お茶を飲みながら、話しましょうか？　今日は、まだコーヒーを飲んでいないので、飲みたくなりました」

三人は、戸山の案内で、鎌倉駅の近くにある、行きつけの、イワタコーヒー店に、行くことになった。

「ここのホットケーキが、なかなか、おいしいんですよ」

戸山が、いい、三人で、ホットケーキを食べ、コーヒーを飲むことになった。

戸山には、警視庁の十津川が、ご意見をといって、自分に声をかけてきた意味が、まだ、分かっていない。

「なるほど、これは、やたらに、おいしいホットケーキですね」

十津川は、いった後、戸山に向かって、

「さっき、丸三年、お住まいとお聞きしましたが、鎌倉は、気に入られましたか？」

「ええ、大いに、気に入りました。おそらく、ここが、終《つい》の棲家《すみか》になるだろうと、思っています」

「鎌倉ということになりますが、よく、利用されますか？」

「私は、自家用車を、持っていないし、実は、自転車にも乗れないんですよ。だから、移動する時には、江ノ電を、利用することになります」

「そうすると、しょっちゅう、江ノ電をご利用ですね」

「ほとんど、毎日乗っていますが、今は、個展のために、長谷の大仏を描いているので、鎌倉と長谷の間を往復するだけです」

「ほかの場所にも、江ノ電で、行かれたことがありますか？」

「前には、小動岬《こゆるぎみさき》の風景を、描いていましたから、その時には、鎌倉から、腰越まで、毎日乗っていましたね」

戸山は、話しながら、まだ、なぜ、十津川という警部が、自分を誘ったのかが、分からない。

「ところで、私に対する、用ですが」

と、戸山が、いいかけると、十津川は、

「実は先日、この江ノ電の、極楽寺と稲村ヶ崎の間にある踏切で、女性が一人、死体で、発見されました。三十代の女性です。そのことは、ご存じですか？」

「ええ、知っていますよ。新聞、テレビで報道していましたから。しかし、申し訳ないけれども、私には、何の関係もない」

と、戸山が、いった。

が、十津川は、構わずに、話を続けた。

「この女性ですが、実は、二人目の被害者なんですよ。第一の殺人事件の、被害者は、東京都内で殺された、男子大学生でした」

「その事件のことは、知りません」

戸山が、わざと強い口調で、いった。

「まあ、聞いてください」

と、いってから、十津川は、

「東京と神奈川で、続けて、二件の殺人事件が起き、同一犯と思われるので、警視庁と神奈川県警とで、合同捜査になり、私と、こちらの矢吹警部が協力して、現在、捜査に当たっているわけです。この二つの殺人事件は、ただの連続殺人事件では、ありませんでした。というのは、東京の殺人現場に、これがあったからです」

そういって、十津川は、例の江ノ電のオモチャを一つ取り出すと、テーブルの上に、置いた。

「次に、極楽寺と稲村ヶ崎間の踏切で、死んでいた女性のバッグからは、これが発見されたのです」

十津川は、もう一つの、江ノ電のオモチャを取り出すと、前のものと一緒に、テーブルに並べた。

「全く同じものです。江ノ電です。こうなると、理由は分かりませんが、犯人が、江ノ電に、執着していることが、よく分かります。どうして、現場、あるいは、被害者の持ち物の中に、この江ノ電のオモチャを残しておいたのか？　どうして、江ノ電に、執着するのか？　犯人の心理について、ご意見があれば、ぜひ、お聞きしたいのですが」

と、十津川が、いった。

戸山は、首を、横に振って、

「それを調べるのが、警察の仕事でしょう？　私は、単なる画家でしか、ありませんよ」

「われわれは、犯人が、特別な人間であるとは、見ていません。一般の人間、普通の人間と見ています。そういう人間が、なぜか、江ノ電に、執着したと見られる殺人を、重ねているのです。われわれ刑事よりも、一般の人、特に、戸山先生のような、繊細な神経をお持ちの方の意見を聞きたいのです」

と、十津川が、いった。

「たしかに、私は画家の端くれで、芸術家ですが、犯人じゃない。ですから、犯人の心理が、分かるはずがありません」

「先生は、鎌倉に、引っ越してから丸三年、住んでいらっしゃる。そして、毎日のように、江ノ電を利用されている」

今度は、県警の矢吹警部が、いった。

「たしかに、私は、車を持っていないし、自転車にも、乗れないから、動く時には、自然と、江ノ電を、使っていますよ」

「今は、長谷の大仏を、描くため、毎日、鎌倉と長谷の間を、往復していらっしゃる。その前は、小動岬の、写生をするので、鎌倉と腰越の間を、毎日、往復されていた。そういう先生の目から、ご覧になって、江ノ電には、どんな魅力がありますか？」

「江ノ電ですか？」

といった後で、戸山は、急に、笑顔になった。

「私にとって、江ノ電は、特別な存在ですよ。その前は、千葉県の南房総《みなみぼうそう》に住んでいましてね。近くを、外房線が走っていたんですが、それは、単なる、東京へ出る時の交通手段でしか、ありませんでした。ですから、海か、山を描きたいと思う時は、電車は面倒なので、タクシーで、そこまで送ってもらっていました。千葉に住んでいた時には、そういう、生活だったんですよ。ところが、ここでは、気障《きざ》なことをいえば、江ノ電は、私の体の一部に、なってしまったんです。気に入ったところに行くのに、今は、タクシーを、呼ぶ気にはならないんです。駅まで行って、江ノ電に、乗ればいい。窓の外を眺めていると、どこの景色も、絵に描きたくなる。つまり、私にとって、江ノ電は、絵の中を走っているような気がするんですよ」

「それじゃあ、先生は、江ノ電ファンというか、マニアですね、江ノ電の」

と、矢吹が、いった。

「ある意味、そうかも、しれません」

「そんな先生から見て、今回の事件の犯人を、どう、思われますか？　今、十津川警部もいわれたように、犯人は、江ノ電を、連続殺人事件の、メッセージとして、使っているとしか、思えないのですよ。犯人は東京で、大学生を殺して、現場に、この江ノ電の模型を、置いておきました。しかも、警部が触った途端に、これが動き出したのです。それを、初めから計算していたんでしょう。警察を、ビックリさせようと思っているのか、からかっているのかは、分かりませんが。第二の、鎌倉の殺人では、江ノ電の踏切の上に、死体を置いておいて、彼女のバッグに、同じ江ノ電の、オモチャを入れておいたのです。江ノ電を愛する人間だったら、果たして、そんなことをするでしょうか？」

「困ったな」

と、戸山は、つぶやいた。続けて、

「どう考えても、私は、警察の方の力には、なれませんよ。十津川さんは、私が画家だから、人一倍、繊細な神経を持っていると、お考えのようだが、たしかに私は、繊細な神経を、持っているかもしれません。しかし、私よりは、一般の人のほうが、しっかりした想像力を、持っているはずですから、私なんかよりも、一般の人に、助力を求めたほうがいいと思いますがね」

2

戸山は、何となく、宙ぶらりんのような感じで、自宅に帰った。

大仏の絵に、力を注ごうと思った。問題の絵は、すでに、半分ほど完成している。

今日は、変な会話をしてしまったが、それは忘れて、絵に、向かおう。

そう思って、戸山は、アトリエに入って、灯《あか》りをつけた。

途端に、戸山の表情が、変わった。

半分ほど、できあがっていた六十号の絵が、消えてしまっているのだ。イーゼルだけが、ポツンと、残っている。

(盗まれた!)

戸山は、自宅には、金目のものなど、置いていないと思っているから、鍵やチェーンも、掛けていない。だから、アトリエに、忍び込もうと思えば、簡単に入れるだろう。

その油断が、絵がなくなることに繋《つな》がっていったのだろうか?

しかし、半分ほどしか、描き上がっていない絵を盗んで、いったい、どうするつもりなのだろうか？

その時、突然、電話が、鳴った。

（誰が、何のために盗んだのか？）

と、思いながら、戸山は、受話器を取った。

「もしもし」

と、いうと、男の声で、

「戸山秋穂大先生か？」

と、からかい気味に、いう。

「先生じゃないが、戸山秋穂だ」

「今、どこにいる」

「アトリエにいる」

「それなら、大事な絵が、なくなっていることには、もう、気がついているな？」

「君が盗んだのか？　あれは、描きかけだぞ。そんなものを盗んだって、誰も買わないぞ」

「一人だけ、買う人間がいるさ」

「誰だ？」

「もちろん、戸山先生、あんただよ。あんたが買うんだよ。秋の個展までには、どうしても、大仏の絵を描き上げて、出品しなくちゃならないからな」

と、男が、いった。

「盗品を買うわけには、いかないが、返してくれるのなら、お礼の金を、払ってもいい」

「俺は、あくまでも、あんたに、この未完成の絵を売りたいんだよ」

「いくらで売るんだ?」

「一億円」

「それは無理だ。私は、そんな大金は持っていない」

「それなら、こちらの頼みを、聞け。それを、やってくれたら、別に金もいらないし、絵も返す」

「君は、私に、何をやらせたいんだ?」

「その前に、ききたいことがある。今日、先生は、江ノ電の、鎌倉駅の構内で、刑事としゃべっていたな? 何をしゃべっていたんだ?」

「見ていたのか?」

「ああ、見ていた。あの二人は、刑事だろう?」

「そうだ、刑事さんだ」

「その後、あんたたち三人は、小町通りの入口にある、イワタコーヒー店に行っている。そこでは、いったい何を話したのか、それも、教えてもらいたいな。教えてくれなければ、俺の目の前にある、あんたの絵に、火をつけるぞ」

「バカなマネは、止《や》めなさい。そんなことをして、君に、何の得が、あるんだ？」

「そんなことは、先生が、心配する必要はない。とにかく、何を話していたのか、教えてくれればいいんだ」

「刑事さんは、殺人事件のことを、話してくれたよ。東京と、この鎌倉で、起きた殺人事件の話だった。犯人は、君か？」

「そんなことには、答えられない。殺人事件について、二人の刑事は、何を、いっていたんだ？」

「そんなに、知りたければ、警察にきいたらどうだ？」

戸山が、いうと、男は、急に、大きな声で笑い出して、

「俺に、警察が答えてくれると思うか？　あんたに、きいているんだ」

「二人の刑事さんは、犯人の気持ちが、分からないと、いっていたよ。どうして、江ノ電に固執するのかが、分からないとな」

「それだけか？」

「画家は、普通の人より、繊細な神経を持っている。これは、あの二人の刑事さんの、

勝手な思い込みなんだがね。だから、犯人の気持ちが、分かるんじゃないのかと、いわれたが、私には、分からない。そう、答えた。それだけだ」

「本当に、それだけか？」

「ああ、それだけだ」

「それなら、これから、俺の、要求をいう。門のところに、郵便受けが、あるだろう？そこに行くと、大きな封筒があるから、持ってくるんだ」

と、男が、いった。

「君が、何かを、入れておいたのか？」

「ああ、そうだ。入れておいた」

3

戸山が、玄関を出て、門につけてある郵便受けを、調べると、たしかに、大きな茶封筒が、入っていた。

宛て名は、戸山秋穂殿になっている。しかし、差出人の名前は、ない。

アトリエに持ち帰って、封を切ると、中から出てきたのは、ヘタクソな絵だった。

戸山は、置いたままにしておいた受話器を、取った。まだ通じている。

「封筒を持ってきた。この絵は、君が描いたのか？」

「そうだ」

と、男が、答える。

小さな女の子が、横たわっている。その頭の上に、巨大な電車が、乗り上げている。電車は、江ノ電である。

「この絵をどうするんだ？」

戸山が、きいた。

「絵の裏には、その女の子が、どういう顔をして、どういう服を、着ているのか、書いてある。その注意書きに、したがって、あんたの力で、その絵を、完成させてもらいたいんだ」

と、男が、いった。

絵の裏を返してみると、なるほど、倒れている女の子の顔立ちや、着ているものなどが、箇条書きに、書いてあった。

「この女の子が、江ノ電に轢《ひ》かれたのか？そういう絵か？」

「質問は、許さない。いいか、五歳の女の子の頭の上に、怪物のような、江ノ電が、のしかかっているんだ。そして、血が滲《にじ》み出ていて、女の子は、死んでいる。先生は、いわれた通りに、そういう絵を、描いてくれればいいんだよ。今から一週間、いや、六日間で、その絵を、描き上げてくれ。大きさは、そうだな、十号くらいがいい」

「一週間？」

「いや、六日だ」

「無理だといったら、どうするんだ？」

「何とかして、その絵を、完成させろ。そうすれば、あんたが、秋までに描き上げようとしている大仏の絵を、返してやる。約束する」

「君は、何を、企んでいるんだ？」

「質問は許さないと、いったはずだ。だが、特別に、答えてやる。ただ、あんたに、絵を描いてもらいたいだけだ。女の子と、江ノ電の絵をだよ。あと六日だ。不可能なら、あんたの大仏の絵は、この世から、消滅する。それだけのことだ」

と、いって、男は、一方的に、電話を切ってしまった。

4

戸山は、もう一度、男が送ってきた絵を、見直した。

とにかく、稚拙な絵である。絵が得意ではないのだろう。だから、構図だけ決めて、日本画家の戸山に、描かせようとしているのかもしれない。

裏を返して、そこに書かれた文字を、もう一度、読み直した。

女の子は、五歳。

顔は、同封の写真に似せて描け。

痩せ気味で、色は白い。

服装は、ピンクの上着に、チェックのスカートを着ている。上着には、江ノ電の絵が刺繍《ししゆう》してある。

そんなことが、書いてあった。

茶封筒の中には、五、六歳の女の子の写真が入っていた。普通の、どこにでもいる、女の子の写真ではなくて、何かの雑誌に載っていたと思われる、モデルの女の子の、写真だった。

戸山には、電話の男が、なぜ、自分に、こんな絵を、描かせようとしているのか、その目的が、分からない。

しかし、男が、冗談で、いっているのではないことは、電話で、話しているうちに分かってきた。

あの男は、この絵を、戸山に、描かせようとしている。それも、六日間で、だ。

できなければ、今までに、半分ほど描き上げた大仏の絵を、燃やしてしまうといっている。

このことを、警察にいったら、男は、その瞬間、あの絵を、やはり、同じように燃やしてしまうだろうと、戸山は思った。

犯罪の匂いのする男のことを、このまま、警察に黙っていても、果たしていいものだろうか？

そんな戸山の気持ちを、見透かしたように、電話が鳴った。

あわてて電話を取ると、やはり、あの男の声だった。

「俺のことを警察にいいたければ、いってもいいぞ。ただし、その場合でも、契約は有効だ」

と、男が、いった。

「契約って？」

「決まっているじゃないか、俺が送った絵を完成させることだ。不可能なら、大仏の絵は、燃やしてしまう。その契約のことだよ。それをよく考えてから、警察に電話しろ」

と、男が、いった。

5

翌日、起きると、外出の支度をし、戸山は、いつものように、鎌倉駅まで歩いていき、そこからすぐの、イワタコーヒー店に入って、コーヒーとホットケーキを注文した。

その後で、鎌倉警察署に、電話をし、矢吹警部を呼んだ。

「今、昨日の、イワタコーヒー店にいます。すぐ、来てほしい。相談したいことがあるんです」

と、戸山は、いった。

七、八分して、矢吹警部が、店に入ってきた。

矢吹は、テーブルの前に座ると、コーヒーとホットケーキを、注文してから、

「私に、相談したいというのは、どういうことですか？」

「実は、昨日、矢吹さんたちと、別れて帰宅したら、アトリエにあった、描きかけの絵が、なくなっていたんです。誰かに、盗まれたのです。秋までに、何としてでも、完成させなければならない、長谷の大仏の絵なんですよ。半分ほど、描き上がっていますが、それが、盗まれていたのです」

「犯人に心当たりは？」

「いえ、ありませんでした。が、その後すぐ、電話が、かかってきましてね。聞いたことのない男の声でした。男は、俺が盗んだと、いうんです。あの絵は、秋の個展までに描き上げなくてはならない、大事な絵だというと、男は、妙な条件を、突きつけてきたんですよ」

そういって、戸山は、茶封筒を取り出すと、中から、例の絵を、出して、テーブルの上に、置いた。

絵を一目見て、

「何とも、ヘタクソな絵ですね」

矢吹が、感想を、いった。

戸山は、苦笑して、

「私の第一印象も、同じです。しかし、男は、画家の私に、この絵を、六日間で完成させろというんです。絵が完成したら、引き換えに大仏の絵を返すとも。絵の裏を見てください。どういう絵にしろという要求が、いろいろと、書いてあるでしょう?」

「なるほどね。この要求に沿った絵を描けということですね」

「そうです。こうもいいました。このことは、警察に話してもいい。ただし、六日間で、絵を完成させなければ、私の未完成の大仏の絵は、返さない。燃やしてしまう。そういいました」

「六日間ですか？」

「いや、昨日、いったんですから、六日間ではなくて、正確には、五日間しかありません」

急に、矢吹警部の顔から、笑いが、消えた。

「ひょっとすると、男は、ウチと警視庁が追っている、殺人犯かもしれませんね」

「それで、矢吹さんに、おききしたいのですが、この絵を見ると、五、六歳の女の子が、江ノ電に轢かれているといった感じの絵ですよ。こういう事故が、最近、江ノ電で、ありましたか？　私は、三年間、鎌倉に住んでいますが、記憶がないんです」

と、戸山が、いった。

「私にも、最近、こんな事故があったという記憶はありませんね」

矢吹は、首を傾《かし》げながら、いい、続けて、

「これから、江ノ電の、鎌倉駅に行って、こういう事故があったかどうか、きいてみようじゃないですか？」

と、誘った。

「そうですね」

「確認しますが、電話の男は、このことを、警察に話してもいいと、いったんですね？」

「それなら、警視庁の十津川さんも呼んでおきましょう」

矢吹は、すぐ電話をかけた。

一時間半ほどして、十津川警部が、駆けつけてきた。

その十津川に、もう一度、戸山が話をし、三人で、江ノ電の鎌倉駅に、向かった。

駅長に会い、戸山が持ってきた絵を見せることにした。

質問は、矢吹が、した。

「この絵を見ると、五、六歳の女の子が、江ノ電にはねられて亡くなった。そうとしか見えないのですが、最近、これと同じ事故は、起きていますか？」

「これは、あくまでも、五、六歳の女の子ですね？　大人じゃありませんね？」

駅長が、きく。

「五、六歳の女の子です。そういう絵に、なっています」

「先日、極楽寺駅の近くの踏切で、女性の死体が、見つかりましたが、後になってから、ウチの電車がはねる前に、誰かが、死体を持ってきて、あそこに置いたということが、分かりましたね」

「その通りです。犯人は、別の場所で殺して、死体を、踏切まで運んだのです」

「私は二十年間、この江ノ電で働いています」

と、駅長が、いった。

「先日の、あの事件以外に、江ノ電の踏切で、いや、踏切以外でもですが、五、六歳の女の子が、ウチの電車に、轢かれて死んだという、痛ましい事故は、全く記憶に、ありませんね。二十年間、そんな事故は、一度も起きていないんです。間違いありません」

と、駅長が、少し力んだ感じで、いった。

矢吹は、小さくうなずいてから、

「私は、神奈川県警に入って、十五年経《た》っています。私の記憶でも、その間に、五、六歳の幼児が、江ノ電にはねられて、死んだということは、ありませんね」

「そうなると、この絵は、どういうものなのですか？」

駅長が、きき、続けて、

「何かの、ドラマの一場面ですか？　もしそうなら、ウチの電車、江ノ電を、凶器に使ってもらっては、困りますね」

「いや、これは、ドラマじゃありません。おかしな男がいて、その男が、こちらの戸山先生に、この絵を描いて、送ってきたんですよ」

と、矢吹が、いった。

「戸山先生に、ですか？」

駅長は、ビックリした顔に、なった。

戸山が、黙って、うなずいた。

駅長は、さらに、言葉を続けて、

「私は、戸山秋穂先生の描く絵が、好きなんですよ。そんな大先生に、いつも、江ノ電を、利用していただいて、感謝しています。そんな日本画家の大家に、どんな男が、こんなヘタクソな絵を、送りつけてきたのですか？」

「それが、分からなくて、私たちも、困っています」

と、戸山が、いった。

「その男は、こんなヘタクソな絵を、送りつけてきて、戸山先生に、これと同じ構図の、上手い絵を、描いてくれ、そう要求しているのです」

「そんな要求は、サッサと、断ったほうがよろしい」

と、駅長は、次に、矢吹に向かって、

「いったい、どこのバカが、戸山秋穂先生のような画家に、何の目的があって、こんな絵を、描かせようとしているのか、分かりませんが、早く捕まえて、刑務所に放り込んだほうがいい」

「そのつもりですが、どこの誰だかも分からなくて、困っているのです」

矢吹が、いった。

それまで黙っていた十津川が、駅長に、

「これまでに、江ノ電に対して、脅迫めいた電話がかかってきたり、手紙が、届いたりしたことは、ありませんでしたか？」

と、きくと、駅長は、笑って、

「時々ありますよ、そんなものは。江ノ電に人気が出て、観光客が、増えてくると、イタズラ電話や、嫌がらせの手紙が、あるんです。江ノ電を爆破するとか、今度の日曜日に、江ノ電を、乗っとってやるとか、そういう電話が、たまに、ありますよ。でも、ほとんど、いや、全部いい加減なもので、脅迫が、現実のものになったことは、今までに一度もありません」

と、いった。

最後に、県警の矢吹警部が、駅長に、向かって、

「もう一度、確認させてください。駅長が江ノ電に入ってから、二十年間、こういう絵のような事故は、一度も、起きていないのですね？」

「ええ、起きていません。何度でもいいますよ。こんな痛ましい事故は、一度も、起きていません」

駅長は、きっぱり、いった。

「それを聞いて、ホッとしました」

と、矢吹が、いった。

6

三人は、駅長に礼をいうと、そこからまっすぐ、捜査本部の置かれた、鎌倉警察署に、向かった。

捜査本部で、捜査の指揮を執る、神奈川県警の本部長に向かって、問題の絵について、戸山秋穂のところに、男が、送りつけてきた絵を見せながら、矢吹警部が、報告した。

本部長は、黙って、聞いていたが、聞き終わると、

「戸山先生」

と、声をかけ、

「今、矢吹警部が、話したことは、本当ですか?」

「本当です。普通なら、すぐに、断ってしまうのですが、今、矢吹さんが話したように、秋までに、完成させなければならない長谷大仏の絵が盗まれて、人質同様に、なってしまっているので、困っています」

戸山が、いった。

「本部長は、どう思われますか?」

矢吹が、きく。

「そうだな」

と、本部長は、しばらく、考えてから、

「戸山先生は、電話の男の要求通りに、この絵を、完成させてください」

と、いった。

「構わないのですか？」

戸山が、きく。

「致しかたありません。実際に、幼女を殺してやるというのなら、問題ですが、いまのところ、絵を描いてくれというだけでしょう？」

本部長は、簡単に、いった後、

「五日間しか、ありませんが、それだけの時間で、絵は描けますか？」

「簡単なデッサンに、色をつけたぐらいの、絵になってしまいますが、その程度なら、五日間で、描けないことはありません」

戸山が、いった。

「そうですか。それなら、犯人の男の要求通り、絵を描いてください」

本部長が、いうと、戸山は、これから早速、描かなければ間に合わないということで、帰っていった。その後、本部長は、改めて、十津川と矢吹に向かって、

「どんな陰惨な、絵であろうとも、描かせるだけであれば、まだ、大事件とはいえない

だろう。それより問題は、電話をしてきた男の、目的だな。それを知りたい」

「私も十津川警部も、戸山先生に、電話して、妙な要求をしてきた男は、連続殺人事件の、犯人ではないかと、考えています」

「私も、何となく、その気がするが、何か、証拠が、あるのか？」

　本部長が、きいた。

「これは、戸山先生が、話したことなんですが、電話の男は、絵の要求のほかに、昨日、鎌倉駅の、江ノ電のグッズショップで、われわれ三人で、何を話していたのかと、きいたそうです。また、われわれが、江ノ電のグッズを買った後、近くの、イワタコーヒー店に行ったことも知っていて、そこで、何を話したのかも教えろと、いったそうです」

　と、矢吹が、いった。

「なるほどね。情況証拠としては、電話の男と、連続殺人事件の犯人とは、同じ人間ということに、なってくるな」

「犯人は、昨日、鎌倉駅とイワタコーヒー店で、われわれを、見張っていたということに、なってきます」

「それは、つまり、犯人が、どうして、昨日のことを知っていたのかと、いうことだろう？」

「そうです」

「それは当然、犯人が、矢吹君を尾行していたということに、なってくるんじゃないのかね？　それとも、戸山先生を、尾行していたということになるんだろうか？」

　本部長が、矢吹に、きいた。

「戸山先生の話では、われわれと別れた後、家に帰ると、先生が、秋の個展で発表する予定の大仏の絵が、盗まれていたといいます。そのことを考えると、犯人は、戸山先生を、尾行していたんだと思いますね。その結果、先生と、われわれが、会っているのを、目撃したんだと思いますね。何日間か、戸山先生を尾行していたんでしょう」

「なるほどね」

「前々から犯人は、戸山先生に、この絵を、描かせようとしていた。そして、戸山先生のことを、調べようと思い、先生を尾行していた。そういうことが、十分に考えられますから」

　と、矢吹が、いった。

「私も同感ですね。たぶん、前々から、犯人は、この絵を、プロの画家に描かせようと、考えていたんだと思いますね。そう考えていた時に、鎌倉に住み、江ノ電に詳しい日本画家の、戸山秋穂さんのことを知り、彼に絵を描かせようと考えたのです。それで、あの先生を尾行した。そう考えるのが、自然だと思いますね」

　と、十津川も、いった。

「しかし、疑問は、いくつもある」

と、本部長が、いった。

「それを、これから一緒に、考えようじゃないか」

7

「現在、東京と、鎌倉で起きた連続殺人事件を、われわれ神奈川県警と警視庁が、合同捜査している」

と、本部長が、いった。

「その犯人は、理由は分からないが、江ノ電に関心があり、殺人現場と、被害者の持っていたバッグの中に、今、ここにある江ノ電のオモチャを入れておいた。これは、明らかに、犯人からのメッセージだ。そして、今度は、鎌倉に住む日本画家の、戸山先生に、この絵を、描かせようとしている。現在、問題にしている点が三つある。第一は、犯人は、江ノ電を、どう考えているのか？　江ノ電を、憎んでいるのか、それとも、江ノ電を、愛しているのか？　第二は、犯人は、今までに、二人の人間を、殺しているが、これからも、殺人を続ける気なのか？　第三は、このコピーした絵だが、犯人は、この絵で、何をしようとしているのか？　何を考えているのか？　私の疑問は、この三つに集約されている。ぜひとも、答えを見つけたいね」

本部長は、チョークを取ると、黒板に三つの疑問を書き並べた。

「まず、第一の疑問から、考えてみたい。犯人は、江ノ電を憎んでいるのか、それとも、愛しているのかということなんだが、これについて、二人の意見を聞きたいね」

「犯人が、江ノ電を、愛しているとは、私には、どうしても、思えません」

と、いったのは、矢吹警部だった。

「理由は？」

「犯人は、殺人の小道具に、江ノ電のオモチャを使っているんです。犯人が、江ノ電を愛しているのなら、こんなマネは、絶対にできないと、思いますね。その上、今度は、この妙な絵が送られてきました。幼い子供が、江ノ電に、轢かれているような絵です。この絵を見ても、犯人が江ノ電を愛しているとは、なおさら、思えなくなります。だから、私は、犯人は、江ノ電を、憎んでいると、思いますね」

「十津川警部は、どう思うね？」

本部長が、きいた。

「私も、矢吹警部に、同感です。ただ、今は、江ノ電を憎んでいるとしても、最初から、江ノ電を憎んでいたような、感じはしません。おそらく、最初の頃は、江ノ電が、好きだったのではないでしょうか？　これも、私の勝手な推測ですが、この近くに住み、江ノ電を、普段からよく利用していた。そんな感じがします。ところが、ある時、彼を不幸が、襲ったのです。誰かが、死んだんだと思います。家族かもしれませんし、友人かもしれません。犯人は、原因は、江ノ電だと考え、連続殺人を実行しながら、メッセージに、江ノ電のオモチャを使っているのではないかと、思っていますが」

「次は、第二の疑問だ。犯人は、東京で大学生の男を殺し、鎌倉で、三十代の女性を、殺している。犯人は、三人目、四人目と殺しを続けるつもりなのだろうか？　もう、犯人は、殺しを止めるつもりなのだろうか？　十津川警部から話をききたい」

本部長が、きき、十津川が、答える。

「二番目に、鎌倉で殺された女の持っていたバッグにも、犯人のメッセージであるかのように、江ノ電のオモチャが入っていました。そのメッセージによって、次の殺人を、予告しているのではないかと、思いますね。今後、何人の人間を、殺そうとしているのかは、分かりませんが、三人目の殺人を、犯人は、実行するつもりでいるはずだと、私は思います」

続いて、矢吹警部が、答える。

「私も、十津川警部に、同感です。犯人は、三人目、四人目という殺人を計画し、実行しようと、思っている。これは、間違いないと思います。ただ、その基準が、分からないのです。東京で殺されたのは、男の大学生です。鎌倉で殺されたのは、三十代の女性です。その女性の身元は、まだ、分かっていませんが、今のところ、女性と、東京の大学生との関連は、何も、見つかっていません」

「共通性は、ないというが、犯人が、江ノ電のオモチャを用意していたんだろう？　東京の現場にも、鎌倉で殺されていた女性のバッグにも、同じものが、入れてあったんだろう？　だとすれば、二人の共通点は、江ノ電だよ」

と、本部長が、いった。

「しかし、どんなふうに、江ノ電が絡んでいるのか、その見当がつきません」

と、矢吹が、いった。

「それでは、第三の疑問に、移ろう。犯人は、どうして、この絵を、戸山秋穂先生に、描かせようとしているのだろうか？　この絵を、何に使おうとしているのか、君たちには分かるかね？」

「正直いって、分からないというしか、ありません。犯人が、この妙な絵を、いったい、何に使おうとしているのか。江ノ電の、鎌倉駅の駅長にきいたところでは、今まで、二十年間、江ノ電で働いてきたが、その間に、幼い女の子が、江ノ電に轢かれて、死んだことは、一度もなかったと、いっています。これは、ウソではないと思います。調べれば、すぐに、分かることですから。この絵は、架空の絵だとしか、思えません。そんな絵をどうするつもりなのか。将来、この絵と同じような、事故が起こると、犯人が、予告する気だとも思えません。第一の事件、第二の事件とも、犯人は、殺人を犯した後、現場なり、被害者の持ち物の中なりに、メッセージとして、江ノ電のオモチャを残しています。それを考えると、この絵が、次の殺人の予告に、使われることはあっても、殺人を犯してからの、メッセージとして、この絵を、使おうとしているとは、思えません」

県警の矢吹警部が、いった。

「この絵を、犯人が、メッセージとして、使うつもりでいるのなら、共通点は、本部長がおっしゃるように、江ノ電です。ただ、私にも、江ノ電を、何の意味に使うつもりなのか、全く見当がつきません。それから、戸山先生に、電話をしてきた男は、六日間で、この絵を、完成させろといったそうです。ということは、今日から、五日間の間に、次の殺人を、実行しようとしているのかもしれません」

十津川が、続けた。

「今日から、五日間の間にかね？」

本部長が、怖い顔になって、十津川に、きいた。

「戸山先生は、犯人が、いや、電話の男が、六日間という期限を、何度となく繰り返したそうですから、そのことが、男、あるいは、犯人にとって、大きな意味があるのではないかと、考えています。ですから、もし、犯人が三人目の殺人を犯そうとしているのなら、必ず、今日を入れて、五日間の間だと、私は、考えています」

と、十津川が、いった。

第三章　いちばん美しい場所

1

さしあたって、警察が、やらなければならないことが、二つあった。

一つは、犯人が計画していると思われる第三の殺人を、未然に防ぐことである。二つ目は、二人目の被害者である三十代の女性の身元を、何とかして、突き止めることだった。

この二つは、神奈川県警の、任務であると同時に、合同捜査をしている、警視庁の役目でもあった。

まず、女性の指紋を、採取し、警察庁にある前科者カードと、照合した。警視庁の十津川が担当した。

しかし、殺された女性の指紋は、前科者カードとは、一致しなかった。

次に、警察が、やったことは、被害者の女性の似顔絵を描いた、ポスターを作り、多数コピーして、江ノ電の沿線と、各駅に貼らせてもらうことだった。これは、地元の神奈川県警が行った。

ポスターには、女性の似顔絵のほか、死亡時の服装、背格好などの、特徴を書き込み、さらに、

「この女性は、江ノ電極楽寺駅と、稲村ヶ崎駅の間の踏切上に、死体で、放置されていた、殺人事件の被害者です。お心当たりの方があれば、至急、鎌倉警察署までご連絡ください」

と、鎌倉警察署の電話番号も書かれている。

ポスターが配られた直後は、情報が、どっと集まったが、それを一つ一つ、精査していくと、どの情報も、女性の身元を、確定するまでには、至らなかった。

県警の矢吹は、そのことを、電話で、十津川に知らせた後、

「期待はずれでした」

「矢吹さんは、集まった情報の中に、女性の身元を明らかにする情報があるはずだと、思っていらっしゃったのですか？」

十津川が、きく。

「少なくとも、捜査が進展するような、情報があるだろうと、期待していました」

「実は、こちらでも、女性の身元の確認は、すぐに分かるだろうと思っていたんですが」

「警視庁は、どうして、簡単に身元が割れると、思っていたのですか？」

「東京で、原田大輔という大学生が殺され、次に、三十代の女性の死体が、江ノ電の踏切に、置かれていました。どちらも、同一犯の犯行と考えました。二件とも、江ノ電のオモチャを使ったメッセージが残されていたからです。当然、二人の被害者の間にも、何らかの、共通点があるはずだから、原田大輔の交友関係を洗っていけば、女性の身元も、簡単に割れるはずだと、思っていたのです」

「私も、十津川さんと同じで、二件の殺人事件は、同一人物の犯行と、考えています。当然、第一の被害者、原田大輔と、第二の被害者、三十代の女性の間には、何らかの共通点が、あるはずだと思いました。その共通点は、江ノ電に関係することだろうとも考えたのです。こちらでも、原田大輔のことを調べていけば、第二の被害者の身元も、自然に浮かんでくるのではないかと思っていたのですが、残念ながら、原田大輔の周辺を、いくら調べてみても、女性の身元が浮かんできません」

「矢吹さんと二人で、犯人の残したメッセージについて、話し合ったことが、ありましたよね？」

「もちろん、覚えています。犯人は、二人の男女を殺しただけではなく、殺人という行為を通して、社会に向けてか、警察に向けてかは分かりませんが、いずれにしても、メッセージを発しているのです。そう考えると、第二の被害者の女性の身元を明らかにしたほうが、メッセージがはっきりするはずなのにと、二人で話しました」

「今も、その考えは、変わりません。誰が考えても、殺した男女の身元を、はっきりさせたほうが、メッセージは、強く分かりやすくなるのに、なぜ、犯人がそうしないのか、今も不思議です」

「なぜ、犯人は、そうしないんですかね」

「問題は、その理由です。警察は、簡単に女性の身元を突き止め、記者会見で発表するだろうと考えたのか、さもなければ、女性の身元をはっきりさせて、自分のメッセージを強いものにしたいのだが、女性の身元が割れると、自然に、自分の名前も分かってしまう。それで、女性の身元が、分からないままにさせている。この二つのどちらかだと、思っているのですが」

十津川が、いうと、

「いや、私は、そのどちらも、ないと思いますね」

と、矢吹が、反対した。

「どうして、違うと？」

「第二の殺しについて、殺しの事実は伝えたいが、女の身元は、知られたくない。犯人が、そう思っているのなら、死体の首を、切ってしまうか、あるいは、顔を潰すかして、被害者の身元が分からないようにして、踏切に放置しておけばいいのです。ところが、そんな細工をした様子は、全く見られません。そうなると、犯人は、死体の身元が、なかなか、バレないだろうと、思っていたんじゃないでしょうか。こちらで、女性の似顔絵入りのポスターを配ったり、聞き込みをやっても、依然として、身元が分からないのですから、犯人は、警察が、簡単に、身元を突き止められるとは、思っていなかったんですよ」

「そうなると、犯人が、原田大輔の遺体のそばや、女性のバッグの中に、江ノ電のオモチャを置いていた理由が、分からなくなりますね。あれは、どう考えても、犯人からの、メッセージですよ。東京で、大学生を殺したのも、神奈川で、三十代の女性を殺したのも、俺がやったと、自分の犯行を誇示しているとしか、思えません。それに、江ノ電のオモチャを、メッセージにしているわけですから、第一の被害者も、第二の被害者も、江ノ電と、何らかの関係のある人間だということを、示していると思うんですよ」

と、十津川が、いった。

「私もそう思ったので、被害者の女性の似顔絵と、特徴を書いたポスターを作って、江ノ電周辺の住民に配ったり、江ノ電の全ての駅に、掲示して、情報を待ったんです。今、十津川さんがいわれたように、殺された女性が、何らかの意味で江ノ電と、関係があるとすれば、あれだけ、たくさんのポスターを配ったのですから、身元はすぐに割れるはずなのです。それなのに、今になっても女性の身元は、不明のままです。こうなると、殺された女性は、江ノ電とは、何の関係もないんじゃないかと、考えたくなってしまうんです」

「しかし、犯人は、女性のバッグの中にも、江ノ電のオモチャを、入れているんですよ。これが、犯人からのメッセージであることに、矢吹さんだって、反対はされないでしょう？」

「ええ、同意しましたし、今でも、そう思っていますよ」

「そうならば、被害者の女性は、絶対に、江ノ電と、何らかの関係があるはずなんです」

十津川が、断定した。

こうなると、水掛け論になってしまうだけだった。

2

電話のやりとりは、まだ続いた。

「もう一つ、心配なことは、どうやって、第三の殺人を、防ぐかということです」

十津川が、いった。

「十津川さん、犯人が、第三の殺人を考えていると、思われるんですか？」

「第一、第二の殺人で、犯人は、挑戦的なメッセージを、残しています。また、鎌倉在住の日本画の先生を、脅迫して、幼女が、江ノ電に轢《ひ》かれるような絵を、描かせようともしています。二件の殺人で、犯人が止《や》めるとは、到底思えないのです」

「しかし、今の状況では、次に、どんな人間が、どこで殺されるのかも、分かりません」

矢吹は、弱気な発言をしたが、その直後、

「ちょっと、待ってください。入口のほうで、署員が騒いでいるので、ちょっと、様子を見てきます」

と、いった。

そのまま、数分間、十津川は受話器を耳に当てたまま、根気よく、矢吹が、電話に戻ってくるのを待った。
五、六分して、やっと、矢吹の声が、電話口に、戻ってきた。
「長いことお待たせして、申し訳ありませんでした」

と、矢吹が、いう。

「何があったんですか？」

「署の入口のところに、小包が置いてありました。郵便局から届いたのではなくて、誰かが、持ってきて、そこに、置いておいたらしいのです。それで、署内が、騒がしかったのですが、今、その小包を、持ってきました」

「小包ですか？」

「ええ、そうです」

とだけいって、矢吹は、急にまた黙ってしまったが、少し間を置いてから、

「小包の中から出てきたのは、例の江ノ電のオモチャですよ。それに、封書が、一緒に入っていました。これから読みますから、聞いてください」

〈警察の皆さんへ。かわいそうに、第二の殺人の被害者の身元が、いまだに、分からないようだね。お気の毒としかいいようがない。女性の身元が、分かっていれば、次の殺人について、警察の皆さんに、いろいろと、捜査のヒントが、与えられたというのに、本当に、残念だ。どうも、最近の、警察の捜査能力は、かわいそうなくらい、落ちてしまったらしいな。仕方がない。次の殺人について、二つばかり、ヒントをあげよう。被害者は男だ。事件の現場は、江ノ電で、いちばん美しい場所だ。これだけヒントを与えてあげれば、前の二件のように、警察が、惨めな立場に、追い込まれることはないだろう。それとも、これだけヒントを与えても、相変わらず警察の皆さんには、何も、できないというのかね？　それでは、こちらとしても、スリルがない。せいぜい、頑張ってくれたまえ〉

「これが、手紙に書いてあったすべてです」

矢吹が、いうと、十津川は、

「今すぐ、そちらに、行きます」

3

十津川と亀井は、鎌倉警察署に置かれた捜査本部に駆けつけた。その時、捜査本部では、問題の小包を、前に置いて、捜査会議が開かれていた。

県警本部長が、その会議を、いったん中断して、十津川と亀井の二人を迎え、問題の小包を、まず見せてくれた。

そこにあったのは、前の、二つの事件で、犯人が、現場に置いていった、例の、江ノ電のオモチャである。

もう一つは、小包の中にあったという犯人からの、手紙である。

十津川と亀井が、その手紙に、目を通した後で、中断していた捜査会議が再開された。

矢吹警部が、黒板に、
一、第三の標的は、男。

二、犯行現場は、江ノ電でいちばん美しい場所。

と、書いた。

「犯人が、手紙で書いてきたのは、この二点です。もちろん、犯人の言葉を、そのまま鵜《う》呑《の》みにしていいかどうかは、分かりませんが、犯人が、前の二つの殺人の場合と同じく、江ノ電のオモチャをメッセージに使っているところを見ると、三番目の犠牲者は男ということ、江ノ電で最も美しいところで、殺すということは、決して、冗談だとは思えないのです」

「犯人は、次の標的は男、殺人現場は、江ノ電で最も美しい場所といっておきながら、肝心の犯行の日時は、明らかにしていないんだな？」

県警本部長が、いった。

「日時は、全く書いてありません」

「どうして、犯人は、日時だけ、書かなかったのだろうか？」

「犯人の気持ちは、分かりませんが、標的と場所は、教えています。日時まで教えてしまっては、殺人を実行するのが、不可能になってしまう。そう、考えてのことかもしれません」

「犯行の場所として、江ノ電で、いちばん美しいところと書いているが、江ノ電のどこだと、思うかね？」

と、本部長が、きいた。

「ここに、江ノ電について、書いた本を持ってきて、調べているのですが、ただ一つのとか、いちばん景色のいいとか、そういう表現を使って、江ノ電のさまざまな場所を、写真入りで、紹介しています。例えば、江ノ電で、いちばんきれいな海を眺めることのできる駅ということで、鎌倉高校前駅が、紹介されています。ご存じのように、この駅は、電車を降りると、すぐ目の前に、相模湾《さがみわん》の、真っ青な海が広がっています。鎌倉高校前駅というのは、江ノ電でも、特に有名な駅で、アマチュアカメラマンなどが、駅のホームから、相模湾の写真を撮ったりしているのです。ただ、この鎌倉高校前駅と、犯人の書いている、江ノ電でいちばん美しい場所というのが、イコールかどうかは、判断がつきません」

「私も、休みの時などに、鎌倉高校前で降りて、ホームから、目の前に広がる相模湾の景色を、何枚も、写真に撮ったことがあるよ。駅のホームから眺める相模湾は、たしかに、素晴らしい。ホームの前が国道で、その向こうが、海だからね。遮るものがないから、江ノ電の中で、いちばんきれいな海が見られる場所だ。問題は、君もいうように、犯人が、どう思っているかだな」

と、本部長が、いった。

「十津川さんは、どう思われますか？」

矢吹が、きく。

「私も、今回の、殺人事件の捜査で、何度も、江ノ電に乗りましたし、車で、江ノ電の沿線を、調べて回ったこともあります。鎌倉高校前でも降りてみました。たしかに素晴らしい光景でした。しかし、犯人が、いってきたのは、江ノ電でいちばん美しい場所ということです。その美しいという表現に、果たして、相模湾がピッタリしているかどうか、その点が、疑問だと思うのですよ」

「その点については、十津川さんに同感です」

矢吹が、いい、十津川は、

「犯人は、江ノ電で、いちばん美しい場所といっていますが、犯人の見方というか、感じ方とか、受け取り方で変わってきます。季節によっても、違ってくるのではないでしょうか？　サクラの季節になれば、一度だけ行ったことがあるのですが、極楽寺の周辺が、いちばん美しいと、思いますね」

「なるほど、極楽寺ですか。たしかに、あそこのサクラは、見事ですね」

矢吹が、うなずいた。

その後、県警本部長が、刑事たちの顔を見回しながら、

「この中で、江ノ電によく乗るという者に、ききたい。君たちが、江ノ電でいちばん美しいと思う場所はどこか、それを、いってほしい」

と、声をかけた。

刑事の中には、鉄道マニアもいて、こんな意見を口にした。

「犯人のいう、江ノ電でいちばん美しい場所とは、ちょっと違っているかもしれませんが、鉄道マニアの私にとって、江ノ電の中で、ただ一つの信号所のあるところ、名前は峰ケ原《みねがはら》信号所ですが、ここで、上りと下りの電車がすれ違います。鉄道マニアなら、写真に撮っておきたいポイントなんじゃありませんか。ほかには、鎌倉高校前と七里ヶ浜《しちりがはま》の間の、約六百メートルの直線も、興味のあるところだと思いますね」

江ノ電は、住宅密集空間を走り回っているので、どうしても、S字カーブが多くなってしまう。そんな江ノ電の中で、約六百メートルの直線区間は、珍しい場所なのである。

今回の犯人が、鉄道マニアならば、この六百メートルの直線部分が、美しいというかもしれない。

江ノ電には、一つだけ、トンネルがある。そのトンネルは、極楽寺の近くにある長さ二百メートル余りの、小さなトンネルである。造られたのが戦前で、入口は、馬蹄型《ばていけい》をしており、今どき珍しい、レンガ造りである。

「この極楽寺トンネルが、いちばん好きで、いちばん美しいと、思っている人がいても、不思議はありませんね」

と、別の刑事が、いった。

刑事たちが、自信を持って口にした、江ノ電の駅や場所、それを、矢吹警部が、黒板に書き留めていった。

一、障害物がなく、美しい相模湾の景色が見渡せる、鎌倉高校前駅。

二、サクラの季節の極楽寺周辺。

三、江ノ電で、唯一の信号所のある峰ヶ原信号所。

四、江ノ電で唯一、六百メートルという長い直線部分がある、鎌倉高校前駅と七里ヶ浜駅の間。

五、江ノ電で、唯一のトンネルといわれる極楽寺トンネル。

駅の近くにある踏切が面白くて、楽しいという刑事も、出てきた。江ノ電は、やたらに踏切が多いのだ。

だんだん、収拾がつかなくなってきた。

「この件は、いったん、ここまでにする」

宣言するように、いった後で、本部長は、言葉を続けて、

「少しばかり、腹が立ってきた」

「本部長は、何に対して、腹を立てられたのですか？」

矢吹警部が、きく。

「第三の殺人を予告してきた、犯人に対してだよ。犯人は、挑戦的な内容の手紙を送っ

てきた。その手紙には、恩着せがましく、次に殺される被害者は男だと書き、その犯行場所は、江ノ電でいちばん美しい場所だと、書いている。しかし、こうして、江ノ電で、いちばん美しい場所はどこかときけば、それぞれ勝手な場所を、挙げてくる。つまり、これだけ、さまざまな場所が考えられるということで、犯人の指定してきた場所が、どこだか分からない。警戒のしようがないじゃないか？　だから、腹が立つといったんだ」

「たしかに、本部長のいわれる通りです」

矢吹が、いうと、本部長は、さらに、言葉を続けて、

「江ノ電で、いちばん美しい場所というが、どうして、犯人は、いちばんだと、思っているのか？　その理由を、知りたいんだ。犯人自身が、あまり強い意味もなく、その時の気分で、いちばん美しいといったのだとすれば、相当、無責任じゃないか？　そう思わないかね？」

「本部長のお言葉ですが、私は、そうは、思いません」

十津川が、いうと、本部長は、眉をひそめて、

「どうしてだ？」

「犯人は、おそらく、何か理由があって、江ノ電でいちばん美しい場所という表現を、使ったのではないかと、私は思います。単なる思いつきや、冗談ではないと、思うので

す」

「しかしだね、今、ここにいる刑事たちに、江ノ電で、いちばん美しい場所はどこかときいたら、この有り様だ。これだけいろいろなところが出てきたら、まとまらないじゃないか？」

本部長が、いうと、矢吹が、

「私が今、ここに、持っている本は、マニア向けの本で、江ノ電で、どこが美しいと断定してはいません。その代わりに、江ノ電で唯一、信号所がある峰ヶ原信号所、ここで、すれ違う江ノ電を見るのも楽しいと書かれていたり、江ノ電は、カーブの多い路線だが、鎌倉高校前と七里ヶ浜の間の、六百メートルは、江ノ電で唯一、直線区間で、これも、マニアには楽しい場所だろうとありますし、江ノ電で唯一のトンネル、極楽寺トンネルのあるところも楽しい景色である。特にサクラの季節になると、この辺りがマニア垂涎《すいぜん》の場所になることを説明しています。このうちのどれが、いちばん美しいとは、書いていません。たぶん、乗客十人にきけば、十人とも違うのでは、ありませんか？」

「そうなると、江ノ電で、どこがいちばん美しいかは、各自の考え方によるわけだろう？　犯人のいう、江ノ電で、いちばん美しい場所というのは、捜査にとって、何の足しにも、ならないだろう。こう考えると、犯人の言葉も、信用できなくなるんじゃないか」

相変わらず、本部長が、怒っている。

「いっそのこと、江ノ電の職員にきいてみたらどうでしょうか？　何か、参考になる話が、聞けるかもしれません」

と、いったのは、十津川だった。

十津川は、犯人が、いい加減な気持ちで、手紙を送りつけてきたとは、思っていなかった。

(何か理由があって、江ノ電でいちばん美しい場所と手紙に書いたのだろう)

と、十津川は、思っている。

県警の矢吹警部が、江ノ電に電話をすることになった。

矢吹は、前に会っている、鎌倉駅の駅長に、電話をかけた。

「捜査の上で、どうしても、知りたいことなので、おききするのですが、江ノ電でいちばん美しい場所というのは、どこでしょうか？」

と、きいた。

「いちばん美しい場所ですか」

と、駅長は、オウム返しにいった後、

「私と、駅員たちとでは、意見が違いますよ」

「そうなると、各自、バラバラの意見と、いうことですか？」

「ええ、そうですが、でも、それでは、まずいんでしょう？」

駅長のほうから、矢吹に、いった。

「何とかして、江ノ電で、いちばん美しい場所を、決められませんか？」

「いや、いろいろな見方や、考え方があるから、無理ですよ」

と、駅長は、いった後、

「ああ、そうだ、去年の十月頃でしたか、ある出版社が発行している、『月刊トラベル』という旅行雑誌が、江ノ電の特集をやった時、読者を対象に、江ノ電でいちばん美しい、好きな場所はどこかという、アンケート調査を実施しているんです。それを見れば、何か、ヒントが、得られるかもしれませんよ」

「そんなものが、あったんですか？」

「ちょっと待ってください。その雑誌を取ってあると、思うので、探してみます」

少し待たされてから、駅長の声が、電話口に、戻ってきて、

「ありましたよ。その旅行雑誌が、読者二千人を対象に、アンケートを取った結果が載っていますね」

「結果は、どうなっていますか？　一位は、どこですか？」

あわてた感じで、矢吹が、きいた。

「これをみる限りでは、江ノ電でいちばん美しい場所は、極楽寺駅周辺ということにな

っていますね」

「もう一度、確認しますが、アンケートでは、極楽寺駅周辺が、いちばん、多かったわけですね？」

「ええ、そう書いてありますね」

電話を切ると、矢吹は、今の話を本部長に伝えた。

「このアンケートを、企画した雑誌ですが、旅行雑誌としては、いちばんの、発行部数を誇る専門誌だそうです」

「犯人も、その雑誌を見ている可能性が、あるわけだな？」

「犯人も、この雑誌の、アンケートを見ていると思います。それは間違いないと思いますね」

「そうだといいが」

「少なくとも、犯人は、このアンケート結果を知っていますね。それで、自信を持って、あの手紙を、書いたんですよ。警察も、アンケートの結果を、知っていると、犯人は考え、その前提で、あの挑戦状を書いたのだろうと、思います」

と、矢吹が、いった。

十津川も、それに賛成した。

4

すぐ、極楽寺駅の写真や、その周辺の地図が、集められた。

極楽寺駅は、小さな駅だが、そのたたずまいが、美しいので、よく写真に撮られる駅である。まるで、山あいにある、可愛《かわい》らしい駅という感じが、観光客を惹《ひ》きつけるのだろう。

極楽寺駅で降りて、すぐのところにある極楽寺は、正元《しょうげん》元年（一二五九）に建てられた寺で、サクラの名所としてもよく知られている。

極楽寺の近くには、江ノ電で、唯一のトンネルといわれる、極楽寺トンネルがある。そのトンネルは、古いレンガ造りで、トンネルを出てくる瞬間の、江ノ電の写真が、しばしば旅行雑誌のグラビアを、飾ったりしている。

トンネルの近くには、レールをまたぐような感じで、朱塗りの橋が、架かっている。桜《さくら》橋《ばし》と呼ばれている、この朱塗りの橋も、江ノ電の名所の一つに、数えられている。

そうしたものが、総合された結果、極楽寺駅周辺ということで、第一位になったと思われる。

捜査本部には、極楽寺駅、極楽寺、極楽寺トンネル、そして、桜橋の写真が集められた。

「犯人は、このどこかで、第三の殺人を実行するつもりだろうか？」

本部長が、矢吹や、十津川たちに、質問した。

「第二の殺人のことが、ありますから、犯人は、この場所で第三の殺人を実行するのか、ほかの場所で、殺しておいて、死体だけを、ここに運んでくるのか、どちらとも、いえません」

矢吹が、いった。

「場所は、この写真の、どこかだとしても、肝心の日時が、分からないな」

本部長が、いう。

「たしかに、正確な日時は、分かりませんが、今から、数日の間に、第三の殺人が実行されることだけは、間違いありません」

と、十津川が、いった。

5

十津川は亀井と、「月刊トラベル」を出している出版社を訪ねた。

以前に、この雑誌が、「江ノ電のすべて」という特集記事を組んだ。

その時のアンケートで、読者が選ぶ、「江ノ電でいちばん美しい場所」として、第一位になったのが、極楽寺駅周辺だったのである。

そのことを、もう少し、詳しく聞こうと思い、十津川は、発行元に行ったのである。

二人は、応接室に通され、「月刊トラベル」の編集長が対応してくれた。

問題の特集号は、四月号である。

「ウチの雑誌は、普通だと、十五万部から十六万部なんですが、江ノ電特集の時には、二十万部を、超えて、二十三万部ほど出ましたね。江ノ電というのは、それだけ人気がある電車なんだと、改めて思いましたね」

編集長が、十津川に、いった。

編集長の説明によると、前もって、江ノ電についてのアンケートを取っておいて、四月号で発表したのだが、二千通配り、回収されたのは、千八百二十通だったという。

江ノ電で、いちばん美しいところは、との質問に対して、極楽寺駅周辺との答えは、千十六通あり、二位の鎌倉高校前駅から見た相模湾という答えは、六百三十通だったから、極楽寺駅周辺は、二位の倍近い票を得ていることが分かったという。

「この結果に、編集部も、ビックリしましたね。もう少し、答えが、バラつくのではないかと、思っていたんですよ。圧倒的に、極楽寺駅周辺が多かったというのは、やはり、あの辺りは、いちばん、古都らしい景観が楽しめるところで、それが、共感を得たのではないかと思いましたね。もう一つ、極楽寺駅のそばに、江ノ電で唯一のトンネルが、あるでしょう?」

「ええ」

「極楽寺トンネルというのですが、あのトンネルの景色も、なかなか捨てがたいものがあって、それも、票数に、影響したのではないかと、こちらでは見ています」

「江ノ電の特集号は、四月号で、通常の十五万部よりも多い、二十三万部も売れたといわれましたね? どこで、いちばん売れたか、わかりますか?」

十津川が、きくと、編集長は、

「ええ、マーケット調査は、常に、やっていますよ。この時も、どこの地域でいちばん売れたか、データは、しっかり、取りました」

「その結果は?」

「やはり、関東地方が、いちばん多かったですね。北海道とか、九州の人にとっては、江ノ電が、どういう鉄道なのか、よく分からない人も、多いでしょうから、買わなかったのではないかと、思います」

と、編集長が、いった。

「江ノ電特集号に対する、読者の反響は、どうでしたか? 手紙とか、メールとかはありましたか?」

亀井が、きいた。

「いつも、読者から手紙やメールで、記事に対する感想や意見が、寄せられるのですが、江ノ電特集の時は、その数が、いつもより、多かったですね」

と、編集長が、いった。

編集長は、段ボールに入った読者からの手紙と、それから、「月刊トラベル」が作るホームページ宛てに送られてきたメールについても、それを、プリントしたものを、十津川たちに、見せてくれた。

十津川は、出版社の承諾をもらって、この二つを、捜査本部に持ち帰った。

今回の犯人が、江ノ電に肯定的な考えを持っているのか、それとも逆に、否定的な考えを、持っているのかは、分からないが、とにかく、江ノ電に関心を持っていることだけは、間違いない。

だとすれば、「月刊トラベル」の四月号、江ノ電特集号を手に入れて、それを読んだ可能性は、極めて高い。

そのあと、犯人が、自分の気持ちを書いて、「月刊トラベル」の編集部に送ったとすれば、段ボールの中の手紙か、あるいは、プリントされたメールの中に、あるかもしれない。

十津川は、期待した。

十津川は、刑事全員を集めると、段ボールの中の、全ての手紙と、メールに、目を通すことを、指示した。もし、何か気がついたことがあれば、どんな小さなことでも、構わないから、それをチェックしてくれとも、いった。

その結果、一通の手紙に、刑事たちの注目が、集まった。

十津川は、その手紙と、犯人が、警察に送りつけた例の手紙とを、比べてみた。

どちらも、同じメーカーのワープロソフトで打たれていることがわかった。

どちらにも、差出人の名前は、見当たらなかった。

十津川は、「月刊トラベル」宛てに来た手紙を、読んだ。

〈江ノ電特集を、面白く拝見した。

しかし、江ノ電の、どこが好きか、どこが美しいかというアンケートは、意味がないと思う。

江ノ電と、それに乗る人間との関係が問題だからだ。

もし、ある人間がいて、自分の家族が、江ノ電に、はねられて亡くなっていたら、江ノ電が、いくら素晴らしくても、その人間にとっては、江ノ電は憎むべき存在となってしまうだろう。

また逆に、江ノ電を撮った写真が、コンクールで、優勝した人間がいたら、その人間にとって、江ノ電が、どんなに古びていて、乗り心地が悪い電車だとしても、日本一の電車は、江ノ電ということに、なってくるだろう。

そうしたことを考えると、各自の体験を無視した、ただ単に、江ノ電のどこが美しいか、どこが好きかといったアンケートの問いかけは、全く意味がないのではないか？

私は、そう、思わざるを得ないのだが、今回のアンケートの結果は、ある意味で、尊重もしている〉

十津川は、二つの封筒と、中に入っていた便箋《びんせん》から、指紋を検出して、照合することにした。

その結果、どちらの封筒、便箋からも、指紋は、検出できなかった。

二通の手紙を書いた人間は、どちらの場合も、手袋をはめて、封筒を用意し、便箋にパソコンで印字し、封筒に入れて投函《とうかん》したということになってくる。

「これでは、同一人物が、書いた手紙かどうか、分かりませんね」

残念そうに、亀井が、いうのへ、十津川は、

「そんなことはないよ、カメさん。これでむしろ、同一人物が、書いたという可能性が、強くなったと、私は、思っている」

「どうしてですか？」

「鎌倉警察署に届いた小包の中に入っていた手紙は、犯人が書いたものに間違いないから、封筒や便箋に、指紋がついていないというのも、うなずける。犯人は、用心しただろうからね。しかし、こちらの手紙は、月刊誌の特集記事に対する読者からの便りだから、指紋に、気を遣う必要などないんだ。誰もそんなことに、こだわってはいないからね。手紙の内容だって、それほど過激なものじゃない。どう考えても、指紋を拭き取って、投函する必要はないんだ」

「ところが、明らかに、指紋をきれいに、拭き取ってから、投函していますね？」

「そうなんだ。指紋から、身元が割れることを、怖がっているんだよ。そう考えれば、犯人の可能性が高いと、考えてもいいんじゃないかな？」

と、十津川が、いった。

「そうすると、次に犯人が、事件を起こすとすれば、江ノ電の、極楽寺駅周辺ということに、なってきますか？」

「神奈川県警も、そのつもりで警戒をしているらしいよ」

十津川が、いった。

県警の、矢吹警部からの電話によると、極楽寺駅のホームに、刑事を、置くわけにはいかないし、といって、極楽寺駅の近くに、刑事を配備するわけにもいかない。そんなことをすれば、犯人に、警戒されるだけだからである。

そこで、神奈川県警は、極楽寺駅が見える場所、例えば、極楽寺の、山門の近く、あるいは、線路の近くにある民家などに、事情を説明して、刑事を配置した。

極楽寺トンネルの上に架かっている、朱色の桜橋、そこには、犯人が気づかないような、小さなカメラを取りつけて、それで監視することにした。

これが、矢吹の説明だった。

6

その日の、鎌倉行きの最終電車が、極楽寺駅を発車した、まさに、その時だった。

突然、車両の窓から、駅のホームに向かって、何か細長いものが投げられたのである。

電車は、そのまま走り去った。

極楽寺の駅を、外から見張っていた県警の刑事の一人が、投げられた黒い物体を見て、

「アッ」

と、声を上げた。

一瞬、爆発物ではないかと、思ったからである。

しかし、投げられたものは、ホームに落ちたが、爆発する気配はない。

よく見ると、それは、賞状などを丸めて入れておく、丸い筒だった。

刑事の一人が、

「今の電車を、追いかけて、乗客を全員、確保しろ！」

と叫び、近くに待機していたパトカーが、急発進した。

しかし、いくら、パトカーだといっても、線路の上を、走るわけにはいかない。それに、この辺りは、道路はせまくて走りにくいし、線路から離れてしまう場所もある。

パトカーが、追いつくよりも先に、問題の電車は、次の駅に着いてしまい、後から分かったのだが、そこで、五人の乗客が、降りてしまっていた。

もちろん、その五人の乗客の写真など、撮っていないから、どんな乗客だったか、確認のしようがない。

刑事たちは、筒を、鎌倉警察署まで、持ってかえり、慎重に蓋を開けてみた。

中から出てきたのは、丸められた、大きな写真だった。長さ六十センチほどの、カラー写真である。

そこに写っていたのは、中年の男の顔と上半身だったが、異様なのは、その男の額の部分に、白い三角布が、絵具を使って描きつけられていることだった。

背広を着て、地味なネクタイを締めている男である。

年齢は三十七、八歳といったところだろうか？　どこにでもいる、平凡なサラリーマンに見える。

額に、白い三角布が、はっきり描き加えられているところを見ると、この写真の男は、すでに、死亡しているのかもしれない。

「この男だが、誰か、知っている者はいるか？」

と、県警本部長が、刑事たちにきいた。

誰も知っている者は、いなかった。

「これが、犯人からの、プレゼントだと、思うかね？　君は、どうだ？」

本部長は、矢吹の顔を見た。

「私は、犯人の、贈り物だと思います。普通の人間が、こんな写真を、筒に入れて、最終電車の窓から、極楽寺駅のホーム目がけて、投げたりは、しませんよ。二人の人間を殺し、次の殺人予告をしている、犯人以外に、こんなことをする人間はいないと、思います」

「しかし、犯人は、東京で、大学生を殺害し、次には、江ノ電の、踏切に、女性の死体を置いておいたんだ。それが、今回は死体ではなくて、写真だ。差がありすぎる。それでも、同一犯の仕業《しわざ》だと、思うかね？」

「思います」

「どうして、そう思うのかね？」

「死体を、極楽寺駅に、置かなかったのは、二つの理由が考えられます。第一は、警察の警戒が厳重なので、死体を運んできて、極楽寺駅の周辺に、置いておくことができなかった」

「もう一つは？」

「写真の男には、死装束である、白い三角布が、つけられています。この男は、すでに、殺されているのではないでしょうか？　犯人が殺しておいて、すでに、荼毘《だび》に付してしまったということも、十分に、考えられます。それで、死体を極楽寺駅周辺に置くことはできず、代わりに、写真を使ったのではないかと、考えたんですが」

「しかしだね。犯人からの贈り物だとすれば、肝心のメッセージが、どこにも、ないじゃないか？　今回の犯人は、犯行のたびに、社会か、あるいは、警察に対する、メッセージを残している。ところが、この写真には、どんなメッセージも、書かれていないし、添えられてもいない。どこの誰とも、分からない写真を、一方的に送りつけておいて、メッセージもないだろう？　違うかね？」

「たぶん、犯人は、こう、いいたいのだと思いますね。写真を注意深く見れば、写真の主が、どこの誰だか、分かるはずだ。分かれば、それがメッセージになると、私は思いますが」

矢吹が、いった。

「しかし、いくら見ても、その男の身元は、分かってこないぞ」

本部長が、文句をいった。

すでに深夜になっていたが、矢吹は、問題の写真を、すぐ、警視庁の十津川警部に、送ることにした。

その後で、矢吹は、十津川に、電話をかけた。

「先ほど、お送りした、男の写真ですが、犯人が、最終の、鎌倉行きの電車の中から、極楽寺駅のホームに、投げ落としたものです。賞状などを入れる筒の中に、入っていましたが、中には、手紙は、入っていませんでした。その写真だけです。これは、犯人が、警察に対するメッセージのつもりで、送りつけたものだと、私たちは考えました。ただ、男の身元は、分かりませんし、なぜ、この写真を、投げ落としたのか、その意図が、読めません。こちらも、考えますが、十津川さんも考えてください。よろしくお願いします」

第四章　爆　弾

1

神奈川県警の矢吹警部からの要請を受けて、十津川は、捜査会議で、自分の考えを加えて、三上《みかみ》本部長に伝えた。

「神奈川県警では、一連の犯人の行動の意味が、どうにも、理解できない。また、次に、犯人が何をしてくるつもりなのかも分からず、対応に苦慮しているそうです。こちらでも、犯人の意図がどこにあるのか、次に犯人が、何をするのか、考えてもらいたいと、いってきています」

「それで、君は、神奈川県警には、どう答えたのかね？」

三上本部長が、きく。

「こちらでも、いろいろと考えているが、まだ、明確な答えは、見つかっていないと伝えました」

「それで、今、君自身は、どんな考えを持っているのかね？」

「私にも、犯人が、何を意図しているのか、次には、誰を殺そうとしているのか、この二つの疑問に対して、はっきりとした答えが、見つかっていません。一つだけ、はっきりしているのは、鎌倉に住んでいる日本画家の戸山秋穂先生を脅迫し、犯人は、奇妙な絵を描くようにと、命じています。それも、六日以内にです。犯人が、その絵を受け取った後、何らかの行動に、出るだろうことは、はっきりしています」

「画家の戸山先生は、今、何をしているんだ?」

「電話で問い合わせたところ、犯人に依頼された絵は、ほとんど、完成しているそうです。しかし、犯人からの連絡は、まだ来ない。先生は、そういっていました」

「それで、戸山先生自身は、どんな毎日を送っているのかね?」

「普段と同じ行動を、取ってくださいと、いっておきました。朝起きると、いつものように、鎌倉駅近くの喫茶店で、朝食を取り、江ノ電に乗って、長谷駅まで行き、大仏のデッサンをする。疲れた時は、近くの喫茶店で、コーヒーを飲む。それも、いつも通りのデイジーズ・カフェという店です。夕食は、鎌倉に戻って、丸山亭で、フランス料理を食べる。そんな毎日です」

「なぜ、戸山先生に、毎日、同じ行動を取らせているんだ?　何か、意味があるのかね?」

「もし、戸山先生が、自宅に、閉じこもっていると、犯人が、あらぬ疑いを持ち、かえって、戸山先生が、危険な目に陥る可能性があるからです。犯人が、絵のでき具合を、確かめようと、戸山先生に接触してくる。その時、戸山先生が、いつも自宅にいて、電話に出ると、その電話を、警察が、逆探知しているに違いないと、犯人が疑う恐れがあるからです。それで、戸山先生には、いつもと同じ行動を取っていてもらうことにしたのです。そうすれば、犯人は、安心して、戸山先生に、接触してくるだろう。そう思っています」

「神奈川県警の、矢吹警部から、犯人の動機が、分からない。次に、何をするのか、予測がつかないといってきたと、君は、いっていたね？」

「その通りです」

「君自身は、どうなんだ？　少しでも、分かっているのならば、聞かせてもらいたいが」

と、三上が、いった。

「私なりの考えを、持つには、持っていますが、正直なところ、自信はありません」

十津川が、いった。

「自信が、なくてもいいから、とにかく、話してみたまえ」

「最初に、東京で、原田大輔という十九歳の大学生が殺されました。死体のそばに、犯人が、江ノ電のオモチャを、置いておき、それがメッセージとなっていて、犯人は、江ノ電が原因で、大学生を殺したのではないかと、想像がつきました。しかし、殺人の動機と江ノ電とが、どう関係するのかまでは、分かっておりません。次に、犯人がやったことは、江ノ電の踏切に、女性の死体を、置いておくことでした。被害者の年齢は三十代、しかし、今に至るも、依然として、女性の身元が、分かりません。第一の被害者、原田大輔の時と同じように、被害者のそばに、江ノ電のオモチャがあったことで、連続殺人であるということが、分かりましたが、問題の踏切で、以前、人身事故があったこともありません。したがって、犯人の意図も、分からないのです。三番目の事件は、犯人と思われる人間が、江ノ電の極楽寺駅のホームに、中年の男の写真を、投げ捨てていったというものです。犯人は、予告しておきながら、今度は、死体の代わりに、三十代の男の写真を投げ捨てていったのです。この男も、すでに、死亡していると思われるのですが、こちらも、身元が判明しておりません。その一方で、犯人は、鎌倉に住む日本画家、戸山秋穂が、秋の個展のために描いていた、長谷大仏の絵を奪い取り、それを返してもらいたければ、こちらの指示通りに、絵を一枚描けといって、写真を、送りつけてきました。これが、今までの犯人の行動です。

犯人は、少なくとも、二人の人間、大学生と、三十代の女性を殺害しています。同じく三十代の男性も殺していると、思われますが、この男女については、いまだに、身元が分かっておりません。そして、有名な日本画家に、奇妙な絵を、描かせようとしています。こうした事件の積み重ねで、何が分かるのか？　考えてみました。自信はありませんが、一つの考えを持つに至りました。それを説明させてもらいます」

2

「一つ、はっきりしているのは、犯人は、江ノ電に対して、大きな関心を、持っているということです。それが、江ノ電を愛しているのか、それとも、江ノ電に、憎しみを持っているのかは、まだ判断がつきません。江ノ電の踏切に、死体を放置しておいたことを、考えれば、江ノ電に対して、憎しみの感情を、持っているのではないかと、思われますが、その一方、江ノ電のいちばん美しい場所という言葉も、使っていますから、江ノ電を愛しているか、江ノ電のファンということも、考えられます。

次は、二人の被害者と、すでに、殺されていると考えられる中年の男のことです。この三人が、江ノ電と、どんな関係にあるのかを考えてみました。第一の被害者、大学生の原田大輔ですが、彼は、江ノ電の沿線に、住んだことはありません。友人に訊《たず》ねても、彼が、江ノ電のファンだったという声は、誰からも、聞かれませんが、江ノ電の悪口をいっていたという話もありません。この大学生は、江ノ電とは、ほとんど、関係がないということが、はっきりしたのですが、それなのに、なぜ、犯人は、原田大輔を殺し、メッセージを、江ノ電のオモチャに、託したのでしょうか？　これが、第一の事件についての疑問です。

次は、第二の事件の被害者、三十代の女性についてですが、私も、神奈川県警の矢吹警部も、女性の身元は、簡単に割れるだろうと思っていました。死体が、江ノ電の踏切に置かれていたことから、踏切事故を調べていけば、自然に、身元も分かるだろうと、思っていたのです。しかし、失敗でした。先ほども言ったように、問題の踏切で、以前に、人身事故が起きたことは、一度もなかったのです。江ノ電の関係者、あるいは、沿線の人に、聞いても、殺された女性のことを知っているという人は、一人もいませんでした。それでも、彼女が、何らかの意味で、江ノ電と、関係があることは、間違いないはずです。写真の男についても、同じです。平凡な、サラリーマン風の三十代の男性ですが、すでに殺されていて、前の二人と、同じように、何らかの意味で、江ノ電に、関係があるはずだと、思っています」

「しかし、今でも、男女の身元は、割れてこないんだろう？　これでは、捜査は、進まないんじゃないのかね？」

三上が、不満気に、いった。

「二人の身元は、自然に、分かってくるに違いありません」

「なぜ、そんなふうに、楽観できるのかね？　今まで、刑事たちが、走り回っても、男女の身元は、一向に、分からなかったんじゃなかったのかね?」

「たしかに、そうですが、まもなく、犯人のほうから、知らせてくるはずです」

「よくわからんが」

「犯人は、自分のメッセージを、われわれ警察、あるいは、社会に対して、伝えようとしています。おそらく、自分の殺人には、理由があって、正当なのだという信念があるのでしょう。ところが、犯人のメッセージは、われわれ警察にも、世の中にも、伝わってこないのです。何しろ、われわれも、神奈川県警も、犯人のメッセージを、何とか分かろうとしているのに、分からずに困っているのですから。これでは、犯人も、目的を、遂げられないことになります。何とかして、メッセージを伝えようとするでしょうから、自然に、犯人のほうで、男女の身元を明らかにしなければならなくなるはずです」

十津川は、ニッコリした。

3

日本画家の戸山秋穂は、いつものように、自宅を出ると、鎌倉駅に向かって、歩いていった。

十津川警部から、家に閉じこもらずに、普段と同じ行動を、取ってほしいと、いわれていたからである。

鎌倉駅の東口にある、イワタコーヒー店に入り、いつものように、ホットケーキとコーヒーを、注文する。

いつ、犯人からの連絡が入ってもいいようにと、携帯電話は、常に、ポケットに入れてあるのだが、まだ、鳴ったことはない。

朝食を済ませると、戸山は、江ノ電に乗って、長谷駅まで行き、そこで降りると、高《こう》徳院《とくいん》まで歩いていく。いつものように、絵を描くための場所に落ち着くと、担いできたイーゼルを据えつけ、長谷の大仏の、デッサンを始める。

時間をかけて、スケッチを終えると、戸山はイーゼルを畳み、長谷駅まで、ゆっくりと、歩いていった。

長谷駅のホームで、鎌倉行きの電車を待つ。

(犯人は、たぶん、こちらを監視しているだろう)

と、戸山は、思っていた。

電車が来たので、乗り込む。

車内は空いていて、戸山は、ゆっくり、座ることができた。

電車が、次の駅に着こうとした時である。座っている彼の前を、突然、オモチャの江ノ電が、走ってきた。

戸山は、反射的に片足を出すと、その江ノ電のオモチャを止め、身を乗り出して、手で拾い上げた。

突然、目の前に現れた江ノ電のオモチャが、犯人からの、自分に対するメッセージのように、思えたからである。

ほとんど同時に、江ノ電は、次の由比ヶ浜駅に停車し、何人かの乗客が、降りていった。

戸山は、つかんだオモチャを、膝の上に置いて、調べてみた。

小さなオモチャの中に、折り畳んだ紙切れが入っているのが分かった。

しかし、それを、うまく取り出すことができない。

戸山は、携帯電話で、鎌倉警察署の矢吹警部に連絡した。

電話口に出た矢吹に向かって、江ノ電の車内で、走ってきた、オモチャの江ノ電をつかんでみると、中に、折り畳んだ紙切れが入っているのだが、うまく取り出すことができないと伝えた。

「その江ノ電を走らせた人間は、見ましたか？」

と、矢吹が、きく。

「それが、オモチャのほうに、気を取られて、見ていないんですよ。たぶん、その時には、次の由比ヶ浜駅で降りてしまったと思います」

「それでは、鎌倉に着いたら、署まで来てください」

と、矢吹は、いった後で、

「いや、鎌倉駅まで、私が、迎えに行きます。ホームで、待っていてください」

と、いい直した。

電車が、終点の鎌倉駅に着くと、ホームには矢吹が先に来ていて、パトカーで、鎌倉警察署まで、連れていかれた。

署長をはじめ、今回の事件を担当している刑事たちが、集まって、戸山を待っていた。すぐ、戸山が持っていったオモチャの江ノ電は壊され、中に入れられていた紙切れが、取り出された。

その紙片に、書いてあった言葉は、次のようなものだった。

〈警察の皆さんへ。

どうやら、まだ、女の身元が分からないようだね。困ったものだ。

私も、このままでは、仕方がないので、女の名前だけは、教えてあげよう。

友子、これが、女の名前だ。

普通、知るという字を書いて、ともこと読ませる名前が多いが、あの女の、ともは、友人の友だ。

これだけ親切に、教えてやったんだから、精一杯頑張って、私のメッセージを読み取ってくれ。

そうすれば、私も、張り切って、次の計画を実行に移すことができるからだ〉

「明らかに、警察をからかっている。恩着せがましく、被害者の女性の名前だけを、教えてやろうなど、バカにしているじゃないか」

署長は、本気で、腹を立てていた。

それに対して、矢吹は、

「これは、犯人の強がりですよ。十津川警部とも、電話で話したのですが、犯人のほうが、自分のメッセージが、警察にも、社会にも伝わらないので、イライラしてきているんです。だから、恩着せがましく、被害者の女性の名前を、教えてきた。そうしないと、自分のメッセージが、分かってもらえなくて、焦っているんですよ」

「名前だけ分かっても、フルネームが、分からなければ、しようがないだろう？　名前だけで、女性の身元が割れると思うかね？」

「私は、新聞やテレビに、このことを発表してもらおうと思っています。そうすれば、女性の家族や友人から、何らかの情報が、集まるのではないかと思っています。そのほうが、われわれが、聞き込みをやるよりも早く、身元が、判明すると思いますから」

「それでは、今すぐ、記者会見をして、私から話そう」

署長は、次に、戸山秋穂に向かって、

「犯人に頼まれた絵ですが、いつ頃、完成しますか？」

「すでに、描き上がっています。いつ、犯人から、連絡があるか分からないので、少し、雑ではありますが、要求された形で、でき上がっています」

と、戸山が、いった。

署長は、警視庁にも連絡した。

犯人から、メッセージと思われる紙片が、オモチャの江ノ電に入れて届けられ、身元不明だった女性の名前だけが分かったこと。

それと、日本画家、戸山秋穂が、犯人から頼まれていた絵が、完成したこと。この二つを、伝えたのである。

4

翌日、朝刊各紙に、犯人からの手紙が公表され、改めて、被害者の女性の似顔絵が、掲載された。

同じことが、テレビのニュースの時間でも、報じられた。

これで、果たして、女性の身元が、割れるかどうかは、分からない。もし、身元が分からなければ、犯人は、次に、どうするつもりだろうか?

警視庁と神奈川県警では、少しでも効果をあげようと、犯人逮捕に結びつく情報の提供者には、警視庁と、神奈川県警から、それぞれ、百万円ずつの、報奨金を支払うことを、発表した。

そのせいもあってか、情報提供の手紙や電話が、警視庁と鎌倉警察署、それに、テレビ局や、新聞社に殺到した。

その情報を、一つずつ、丁寧に、刑事たちが洗っていく。

しかし、合点のいく、小躍りするような情報は、なかなか、見つからなかった。

マスコミに、協力要請をした後、午後になって、東京の、捜査本部に、小包が届いた。中から出てきたのは、例のオモチャの江ノ電と、写真が三枚、それと、短い文章が記された手紙だった。

十津川が、その小包の内容を信用したのは、オモチャの江ノ電と、写真三枚だった。その写真に写っているのは、間違いなく、江ノ電の踏切で、死体となって放置されていた、例の三十代の女性だった。

パソコンで綴《つづ》られた短い手紙には、次の言葉が並んでいた。

〈問題の女の名前は、倉田友子《くらたともこ》、三十五歳である。

住所は、こちらが、知っている限りでは、日暮里《にっぽり》駅前のビジネスホテルだ。

これ以上のことは、警察で調べなさい。それが、君たちの、仕事なんだから。

がんばりたまえ〉

手紙には、追伸があった。

〈俺は、警察が好きだから、報奨金などもらうつもりはない〉

十津川が、鎌倉警察署に、小包のことを、連絡すると、向こうには、届いていないという。

「とにかく、倉田友子という女性について調べて、何か分かれば、そちらにすぐ、お知らせしますよ」

と、いっておいてから、十津川は亀井と二人、日暮里に、向かった。

日暮里駅の周辺には、ビジネスホテルが、点在している。

二人は、そのビジネスホテルを、片《かた》っ端《ぱし》から訪ねていき、倉田友子という名前をいい、送られてきた三枚の顔写真を見せて、話を聞くことにした。

フロントには、たいてい、中年の女性が一人いて、宿泊者名簿はあることはあるのだが、そこに書かれている名前が、本名かどうかは、疑わしかった。

それでも、六軒目のビジネスホテルで、フロントにいた中年の女性が、十津川の示した写真を見て、小さく、うなずいてくれた。写真の女性が、泊まっていたというのである。

「女性一人で、一週間も、泊まっていたので、よく覚えているんですよ」

と、フロント係が、いった。

しかし、このビジネスホテルの宿泊者名簿に、書かれてあった名前は、倉田友子ではなく、田中友子だった。

「この田中友子が、本名だと思っていたんですか？」

亀井が、フロントの女性に、きいた。

「それは分かりませんけど、本名かどうか、確認する必要がなかったんですよ」

「この女性と、何か話をしたことがありますか？」

十津川が、きいた。

フロント係は、急に、楽しそうに、笑った。

「この人、面白いことを、いうんですよ。刑事さんだって、聞いたら、目をむくんじゃないかしら？」

「彼女は、どんなことを、いっていたんですか？」

「実は、私、爆弾を持っていて、それを、何とかいう電車に、ぶつけてやるんだ。そんなことを、いうんですよ。ウソに決まっているのに」

また、フロントの女性が、笑った。

「その女性は、一週間、ここに、泊まっていたんですね？」

「ええ、そうですよ」

「どこから来たのか、いっていませんでしたか？」

「それは、何も、いっていませんでしたね」

「それで、一週間経《た》って、どこかに出発してしまった？」

「いいえ、そうじゃなくて、まだ何日も、続けて、泊まっていくような感じだったんですけどね。ある日突然、いなくなっちゃったんですよ。毎日、部屋代を払ってもらっていましたから、急にいなくなったとしても、こちらとしては、いいんですけどね」

「爆弾を持っているという話は、信用できなかったということですが、もしかしたら、本当かなと、思ったことは、なかったんですか？」

「いつもね、バッグを、大事そうに持って、毎日、朝から、どこかに出かけていって、夜になると、帰ってきていましたからね。ひょっとすると、あのバッグの中に、本当に、爆弾が入っていたのかもしれませんよ」

そういって、また、彼女が、笑い声を立てた。

「彼女は、爆弾を持っていて、それを、どこかの電車に、ぶつけてやるといっていたんですね？」

「ええ、たぶん、本気じゃなかったと思いますけどね」

「彼女が爆弾をぶつけてやるといっていた電車の名前ですけど、江ノ電とは、いってい
ませんでしたか？」

「江ノ電？」

と、フロント係の女性は、オウム返しにいった後で、

「さあ、どうだったかしら？」

と、盛んに、首をひねっていたが、突然、目を大きくして、

「この人、もしかして、新聞に載っていた女性じゃないんですか？　情報を寄せて、そ
れが捜査に役立ったら、たしか、警察が、二百万円くれるという話、新聞で読みました
けど、その人じゃないんですか？」

と、大きな声を出した。

「その通りです。われわれ警察が、調べていた女性です」

「じゃあ、私が、二百万円をいただけるの？」

フロント係の女性が、カウンターの奥から、身を乗り出してきた。

十津川は、苦笑した。

「あなたの情報が、今回の殺人事件の捜査に役立ったと分かれば、報奨金は、間違いなく、お支払いしますよ」

「もう、ずいぶん役に立ったんじゃないの？」

「しかし、爆弾の話も、本当かどうか分かりませんしね」

十津川は、わざと、相手を焦《じ》らすような話し方をした。

「でも、あのバッグの中に、本当に、爆弾が入っていたのかもしれないわ」

「一週間、ここに、泊まっていたわけでしょう？　それなら、もう少し、彼女について覚えていることが、あるんじゃありませんか？　それが、事件の捜査に役立てば、ウチから百万円、神奈川県警から、百万円の合計二百万円をお支払いしますよ。ですから、どんなことでも、結構です。覚えていることを、話してもらえませんか？」

と、十津川が、促した。

「ちょっと待ってくださいよ。今、思い出しますから」

急に、フロントの女性は、真剣な表情になった。

十津川は、辛抱強く、待つことにした。

「彼女が、ここに泊まってから、三日目だったかしらね。いつも、大体、夜の八時頃に帰ってくるんだけど、あの日は、十時近くなって、酔っぱらって、帰ってきて、フロントの前で、倒れ込んで、寝てしまったんですよ」

「それから、どうしたんですか？」

「とにかく、お客さんですからね。それに、入口のところで、寝込まれては困るんで、彼女が泊まっていた、八階の部屋まで、エレベーターで運んでいきましたよ」

「それから、どうなりました？」

「次の日だったかしら、昨日、助けてくれたお礼だといって、私に、この腕時計をくれたんですよ」

そういって、フロント係の女性は、自慢げに、腕を突き出して、十津川に見せた。

「よく見せてくれませんか？」

十津川は、フロント係の女性から、腕時計を借りて、手に取って、しっかりと見た。

その後、亀井に、渡すと、

「これ、本物のシャネルですよ」

と、亀井が、いう。

「私も、本物だと思う」

「何を、ゴチャゴチャいってるの？」

怒ったように、フロント係の女性が、いった。

「この時計ですがね、シャネルの本物で、新品なら、何十万もするものなんですよ。本当に、この時計、彼女、くれたんですか？」

「ええ、もらったんですよ」

「これは、間違いなく、何十万もするシャネルの本物です。本当に、酔っぱらって、帰ってきて、部屋まで運んでくれたお礼に、この腕時計をくれたんですか？」

「ええ、くれたんですよ。これが本物なら、彼女、相当な、お金持ちだったのかしら？もしかすると、こんなビジネスホテルに、泊まるような人じゃなかったのかもしれないわね」

「何か、隠していませんか？」

十津川は、ジロリと、相手を睨《にら》んだ。

彼女の表情が、急におかしくなった。

「何も隠してなんかいないし、ウソもついていませんよ」

「彼女が酔っぱらって、ここで、眠ってしまったので、八階の部屋まで、運んであげた。そうしたら、次の日、昨日のお礼だといって、このシャネルの腕時計をくれた。あなたは、そういっているが、全部ウソなんじゃありませんか？」

「ウソなんか、ついていませんよ。全部、本当のことですよ」

「酔っぱらって、介抱してもらったお礼だからといって、こんなに高いシャネルの腕時計をくれるというのは、ちょっと、おかしいじゃありませんか？　それとも、フロント係のあなたは、彼女と、何か、親しい関係だったんですか？」

フロント係の女性は、じっと黙っている。

十津川は、最初、彼女が、泥酔した女性客から、シャネルの腕時計を、強奪したと思った。きかれたら、酔って、どこかに落としたんでしょうと、とぼければいいのだ。しかし、これは犯罪である。それなのに、自分のほうから、自慢気に腕時計を見せたのだ。それを考えると、強奪したのではないことになる。

「あなたは、何か、彼女のために、してやったんじゃありませんか？」

と、十津川は、いった。

「だから、酔っぱらって寝ちゃったのを、介抱してあげたんですよ」

「そんなことで、こんな腕時計を、くれるはずがない。何か、難しいことをしてやったんじゃありませんか？」

十津川は、そういった後、少しの間、黙って、相手の顔を見つめた。

女は、目を逸《そ》らしてしまって、何もいわない。

「こういうことじゃないんですか？　あなたは、一週間、ここに泊まっていた女性から、何かを、頼まれたんだ。それをやってあげたので、彼女は喜んで、自分がはめていたシャネルの腕時計を、あなたにあげたんだ。いや、あなたが、欲しいと、いったんですね。本物だとわかっていたんだ。頼まれた仕事というのは、少しばかり、表沙汰にはできないようなことなので、今まで黙っていた。ここに来て、ひょっとすると、二百万円の報奨金が、もらえるかもしれないので、彼女のことを、いろいろと知っているということにした。ただ、頼まれたことは、話すわけには、いかないので、彼女が、酔っぱらって帰ってきて、ここで、寝込んでしまったので、部屋まで運んでいった。そんな、もっともらしい話を、デッチ上げたんじゃないんですか？　もし、そうなら、二百万円の報奨金は、とてもじゃないが、もらえませんよ」

また、何分かの間があってから、フロント係の女性が、

「正直にお話ししたら、報奨金をいただけます？」

と、急に、丁寧な口調になった。

十津川は、笑ってしまった。

「それは、あくまでも、あなたの証言が、殺人事件の捜査に、役に立てばの話ですよ」

「その前に、おききしたいんですけど、新聞やテレビでいっていたように、彼女、どこかで殺されたんですか？」

「そうか、新聞やテレビを見て、ここに泊まっていた女性のことだと、思ったんですね？」

「確信があったわけじゃないけど、もしかすると、あの泊まり客のことかなとは、思ったんですよ。でも、何もかも話さないと、お金は、いただけないんですか？」

「じゃあ、何か、大事なことを、知っているんだ。しかし、それを話すと、あなたの手

が、後ろに回ってしまうかもしれない。それで、ためらっているんですね？」

「フロント係の女性が、黙っていると、横から、亀井が、

「知っていることを、全て、話してもらえませんか？　もちろん、われわれは、話は聞いても、口外はしませんよ。それに、あなたの話してくれたことが参考になって、事件が、解決すれば、間違いなく、二百万円の報奨金は、支払われますよ。だから、正直に、全部、話していただきたい」

と、促した。

「お金が欲しかったんですよ」

突然、フロント係の女性が、大声を出した。

「それで、彼女から、頼まれたことを、何か、やったんですね？　そのお礼に、シャネルの腕時計をもらった」

「お金が欲しかったんですよ。ただ、それだけですよ」

フロント係の女性が、また、いった。

「さっき、あなたは、彼女が、爆弾を持っていて、それを、どこかの電車にぶつけるつもりだと、いっていたといいましたね？　それが、あなたの頼まれたことの、正体なんじゃありませんか？」

「電車じゃありません」

「電車じゃない？」

「ですから、電車に向かって、投げたんじゃないんです」

「じゃあ、爆弾を、どこに投げたんだ？」

「麹町《こうじまち》三丁目の大臣の家」

と、フロント係の女が、いう。

「麹町三丁目に、大臣の家があったかな？」

「たしか、国土交通省の、大臣の家じゃありませんか？　仁科《にしな》大臣の家ですよ」

と、亀井が、いった。

十津川は、また、フロント係の女性に、目を向けて、

「本当に、大臣の家に、爆弾を投げたんですか？」

「ええ、塀の外から、庭に向かって投げて、必死で、逃げたんですよ」

「一人で麹町三丁目に行って、大臣の家に、爆弾を投げ込んだんですか？」

「ええ」

「その時、彼女も一緒ですか？」

「いいえ、彼女は、別に、大事な用事があるから、一緒には行けない。代わりに、爆弾を投げ込んでほしい。そういって、紙袋を、渡されたんですよ」

「それで、あなたが投げ込んだ爆弾は、爆発したのですか？」

「ええ、爆発しましたよ。新聞にも出ていたし、テレビでも、ニュースが流れたから、間違いありませんよ」

今度は、多少誇らしげに、フロント係の女が、いった。

十津川も、思い出した。

麴町三丁目にある、仁科大臣の家の庭で、爆発があって、大騒ぎになった。パトカーや消防車が、何台も駆けつけたが、爆弾は庭で爆発したので、幸いにも、火災にはならなかった。それでも大臣邸の周辺は、騒然となったのだ。

「彼女は、紙包みを、あなたに渡す時、これは、爆弾だと、はっきり、いったんですか？」

「どうだったかしら？　花火と、いったかもしれない。何でも、その大臣さんに恨みがあるので、脅かしてやりたい。ただ、自分は、そこに、行くことができないので、あなたに、頼みたい。やってくれれば、もちろん、それなりのお礼はする。そういったんですよ」

「どうして、引き受けたんですか？」

「毎日、面白くないし、政治家なんて、死んでしまえと、いつも思っていたからですよ」

と、女は、けろりと、いった。

「その日の、何時にと、時間も、いわれたんですか？」

「ええ、だから、夜八時きっかりに、麴町三丁目に行って、あの大臣の大きな屋敷の中に、爆弾を投げ込んでやったんですよ」

「次の日、お礼だといって、自分の腕にはめていた腕時計を、あなたにくれた。そうですか？」

「ええ」

「でも、ちょっとおかしいな」

「何が、おかしいんですか？」

「あなたは、とにかく、お金が欲しかったと、いった。それなのに、彼女の使っている、シャネルとはいえ、中古の腕時計しかもらわなかったんですか？　そうじゃないでしょう？　時計とは別に、現金ももらったんじゃありませんか？」

　十津川が、いうと、相手は、あっさりと、

「ええ、もらいましたよ」

　と、認めた。

「いくら、もらったんですか？」

「十万円。子供に買ってあげたいものが、あったんですよ。でも、考えてみたら、捕まれば、間違いなく、刑務所に入れられるようなことを、やったわけでしょう？　それなのに、お礼が、十万円じゃ、少なすぎると思ったので、彼女に、文句をいったら、今、余分な現金は、持っていないが、この腕時計は、買えば何十万もするものだから、これで我慢してちょうだい。そういわれて、その腕時計を、もらったんですよ」

5

ビジネスホテルの、フロント係の女性が、話してくれたことは、たしかに、十津川の興味をひいた。

夜八時に、麴町三丁目の、国交省大臣の家の庭で、爆発事件が、あったことは、テレビも新聞も報道しているから、ウソではない。

しかし、十津川は、なぜか、納得がいかなかった。

江ノ電の踏切に、三十代の女性の死体が、放置されていた。この女性は、倉田友子という名前らしい。

ただ、この女性に頼まれた、ビジネスホテルの女性が、江ノ電のどこかに、爆弾を投げたというのなら、納得できるのだ。しかし、江ノ電とは、何の関係もない、麴町三丁目の大臣の家の庭で、爆発があったといわれても、江ノ電の事件とは、どう考えても、結びつかないのである。

十津川は、納得できないままに、倉田友子という女のことを、鎌倉警察署の、矢吹警部に、伝えた。

「そうですが。江ノ電とは、関係なしですか」

電話の向こうで、矢吹警部が、首を傾《かし》げてしまっているのが、見えるようだった。

「これから、問題の女性の写真三枚を、お送りします。それと、ビジネスホテルのフロント係の女性と、交わした会話を、テープに、録音しましたので、それも、お送りします。その後で、この件についてお話ししたいと思います」

と、十津川は、いった。

翌日の午前中に、矢吹警部のほうから、写真三枚とテープが届いたと、電話がかかってきた。

「今、送っていただいたテープを聞いてみたのですが、私も、納得できませんね」

と、矢吹が、いった。

「正直にいえば、私も、納得できていないんですよ。これでは、犯人が、倉田友子という女性を、殺して、死体を江ノ電の踏切に、放置しておいた、その理由が、全く分かりませんから」

「十津川さんに証言した、ビジネスホテルの、フロント係の女性というのは、信用できるんですか？」

「どちらかといえば、あまり信用できませんね。しかし、彼女が、ウソをつく理由も、見つからないんですよ。金が欲しかったの一点張りで、今回の件について、二百万円の報奨金が欲しかったのは、本当でしょう。だからといって、これ以上、ウソをつくとは、どうしても考えられないのです。後になって、証言がウソだと分かれば、報奨金は、没収されてしまうし、逮捕されてしまいますからね」

「なるほど。ところで、今回の事件の犯人は、江ノ電に対して、異常なほどの関心を、持っていますよね。江ノ電が好きなのか、それとも、逆に江ノ電が嫌いなのかは、分かりませんが。ですから、二人目の被害者である三十代の女性、倉田友子ですが、犯人が、彼女を殺したとすれば、動機に、江ノ電が絡んでいるに、違いないのです。彼女が、江ノ電の車両に、爆弾を投げつけたとか、どこかの駅に、爆弾を仕掛けたというのであれば、犯人が、彼女を殺した理由も、分かってきます。しかし、送っていただいたテープを、聞いた限りでは、倉田友子は、江ノ電には、何もしていませんし、イタズラさえも、していません。犯人が、彼女を殺す理由というものが、全く分からないのです」

「その点は、同感です」

「十津川さんは、どう、思われますか？　犯人のほうから、身元不明の死体の女性は、友子という名前だと、わざわざ、いってきました。身元が不明のままでは、犯人が困るから、教えてくれた。犯人は、友子という名前さえ、分かれば、フルネームは、教えなくても、警察は、彼女にたどり着いて、いろいろと、調べるだろう。そう考えたと思われますね」

「私も、そう思います」

「犯人は、警察と社会に対して、メッセージを、送ろうとしている。第二の被害者、三十代の女性の、身元が分からなくては、メッセージが伝わらない。だから必ず、犯人が、女性の身元を、教えてくると、十津川さんは、いっておられましたね?」

「ええ、いいました」

「そうなると、この事態は、どう考えたらいいのでしょうか? 犯人は、自分のメッセージを送るためには、殺された女性の身元が、明らかになる必要があると、考えた。そこで、友子という名前だけを、教えてきました。つまり、それで、メッセージが、警察と社会に、伝わっていくはずだと、思ったことになりますが、その女性が、自家製の爆弾を、国交省の大臣の家に、投げ込んで、爆発させたとして、今回の事件にとって、何のメッセージにも、なりませんね? これは、犯人が、計算違いを、しているのか、それとも、われわれの推理力が、足りないのか、十津川さんは、どちらだと、思われますか?」

「犯人は、自分のメッセージが、うまく伝わらないので、自分が殺した女性の身元を、わざわざ、警察に教えてきた。そこまでは、正しいと思うんですよ。ただ、あなたのいうように、その女性が、爆弾を、江ノ電ではなくて、国交省の大臣の家に投げ込んだということは、今回の事件の、メッセージには、なりそうも、ありません」

「それでは、これから、どうしたらいいと、十津川さんは、お考えですか？　新聞やテレビで、犯人に呼びかけますか？　君の行動からは、何のメッセージも、伝わってこない。そういって、犯人に、呼びかけましょうか？」

十津川も矢吹も、当惑していた。

その時、そんな二人を助けるように、日本画家の戸山秋穂から、電話が入った。

「犯人から、連絡があって、例の絵を、渡しました」

と、戸山が、いった。

この後、犯人は、新しい行動に出てくることだろう。

四人目の犠牲者が、出るかもしれない。それだけは、何としてでも、阻止しなければならなかった。

第五章　オモチャと幼女

1

　神奈川県警の矢吹警部から、再び、十津川に、電話が入った。

「申し訳ありませんが、至急、こちらに来ていただけませんか？」

　あわてた様子で、矢吹が、いう。

「何かありましたか？」

「先ほど、日本画家の戸山秋穂先生から、電話がありましてね。犯人から頼まれていた問題の絵を、電話があったので、渡したというのです」

「犯人は、その絵を、利用して、江ノ電か、あるいは、誰かを、脅かすつもりのようですね。問題の絵のコピーは、そちらに、あるんですか？」

　十津川が、きいた。

「戸山先生が、捜査本部に、コピーを、持ってきてくれました。十津川さんにも、ぜひ、それを、見ていただきたいのです」

「分かりました。すぐ、そちらに伺います」

十津川は亀井を連れて、東京を出発し、鎌倉に向かった。

鎌倉警察署は、緊張に、包まれていた。

十津川と亀井は、捜査本部に案内された。その壁に、問題の絵のコピーが貼ってあった。
五、六歳の幼女が、額から、血を流して倒れていて、そばに、江ノ電が描かれている。そんな構図の絵である。
「これが、問題の絵ですか？」

「戸山先生が、絵を、犯人に渡す前に、写真に、撮っておいてくれたんですよ。写真を、問題の絵と同じ大きさに、引き伸ばして、持ってきてくださったのです。色も、かなり、原画に近いと、戸山先生は、いっています」

「しかし」

と、十津川が、いった。

「最初、絵の説明を受けた時には、てっきり幼い女の子が、江ノ電に、はねられて死ぬ絵だと、思っていたのですが、こうして見ると、違いますね。江ノ電は小さくて、まるで、オモチャのように見えるし、線路も描いていません。絵を、ずっと見ていると、最初の印象とは、ずいぶん、違っている感じがします」

「そうでしょう。完成した絵を見ると、たしかに、最初の印象とは、違います。私も、十津川さんと同じように、江ノ電に、はねられてケガをした、あるいは、死んだ幼い女の子の絵だと思っていたのです。しかし、でき上がった絵を見ると、幼い女の子の額に、江ノ電のオモチャが、ぶつかって、血を流した。そんなふうに見えますね」

「犯人に渡した絵は、この写真と、全く同じですね？」

念を押すように、十津川が、きいた。

「もちろんです。絵をそのまま、写したのですから」

「この絵を、犯人は、納得して受け取ったんですか？　それとも、訂正を要求したんですか？」

「戸山先生に聞いたところ、今日、犯人から、電話がかかってきて、でき上がった絵を、いつも、戸山先生が朝食を食べに行く、鎌倉駅近くの、イワタコーヒー店のオーナーに、預けておけ。気に入ったら、すぐに、大仏の絵を返してやる。そういわれたそうで、先生は、イワタコーヒー店のオーナーに、制作した絵を預けておいたそうです。その後、犯人が絵を受け取り、気に入ったから、大仏の絵を返す。電話で、そういわれたそうです。一時間もしないうちに、戸山先生の、アトリエの玄関に、大仏の絵が、置いてあったそうです。ですから、犯人は、絵が気に入ったんですよ」

「犯人は、イワタコーヒー店に、現れて、絵を受け取っていったということですね？

コーヒー店のオーナーは、犯人の顔を、見たわけですか？」

十津川が、きくと、矢吹は、手を小さく横に振って、

「それがですね、イワタコーヒー店のオーナーに、確認したところ、子供が受け取りに来たそうです」

「子供？」

「そうなんですよ。何でも、サングラスをかけて、帽子を目深《まぶか》にかぶった男の人から、声をかけられて、千円あげるから、イワタコーヒー店に行って、絵を持ってきてほしいと頼まれて、その子が、絵を持っていったそうです。子供に話を聞きましたが、相手はサングラスをかけ、帽子をかぶっていたので、顔は、よく分からなかった。背の高さは百七十五、六センチ、年齢は三十代ということですが、子供の証言ですから、確かではありません」

「なるほど、用心深い犯人ですね。ただ、犯人が、この絵に、満足しているのは、意外ですね。そうなると、この江ノ電は、オモチャなんですね。江ノ電に、はねられて倒れている幼女ではなくて、オモチャが幼女の額に当たって、ケガをさせた。そういう絵だったんですね」

「実は、この絵を、見ているうちに、どうにも、犯人の意図が、分からなくなってしまいましてね。それで、十津川さんや亀井さんに、わざわざ、鎌倉まで、来ていただいた

「私も今、この絵を見て、考えてしまいました。犯人は、この絵を使って、誰かを、脅迫するつもりだろう。その相手は、江ノ電ではないかと、思っていたのです。何しろ、江ノ電にはねられて、血を出している、幼女の絵だとばかり、思っていましたから」

と、矢吹が、いった。

十津川が、いった。

「そうなんですよ。私も署長も、県警本部長も、江ノ電にはねられた、幼女の絵だとばかり、思っていたので、その絵を使って、犯人が、脅迫しようとしているのは、江ノ電とばかり思っていたのです。ところが、どう見ても、江ノ電に、はねられた幼女の絵ではありません。十津川さんがいったように、江ノ電のオモチャが、幼女の額にぶつかって、ケガをした、そういう絵なんです。こうなると、犯人が、脅迫しようとしている相手が誰なのか、全く、分からなくなってしまいました」

「この絵は、江ノ電の関係者に、見せたんですか？」

亀井が、矢吹に、きいた。

「もちろん、すぐに、江ノ電の広報担当に見てもらいました。この絵から、想像されるようなことが、江ノ電で起きているかどうか、きいてみたのです」

「それで、どんな返事でした？」

「この絵から想像されるようなことは、江ノ電では、一回もありませんという返事でした。ただ、江ノ電の広報も、この絵を、どう解釈したらいいのか、戸惑っているようです。江ノ電では、江ノ電のオモチャを作っています。大きさも種類もさまざまですが、江ノ電の車内や、駅舎の中で、オモチャが、女の子にぶつかって、額から血が出た。そんな事故は、今までに、一度もなかった。多くのお客様が、江ノ電のオモチャを、買ってくださるので、家に持ち帰ってから、何かの拍子に、そのオモチャが、五、六歳の娘さんの額に当たって、ケガをした。そういうことは、あり得るかもしれないが、そこまでは、江ノ電では、責任は持てない。広報担当は、そういっています」

2

「ところで、倉田友子について、何か分かりましたか？」

今度は、矢吹のほうから、十津川に、きいた。

「まず麹町三丁目にある、国交省の大臣の家に、爆弾が放り込まれたのが、何日だったかを調べてみました。そうすると、三月十日の、午後八時頃であることが分かりました」

十津川が、いうと、矢吹もうなずいて、

「思い出しましたよ。たしか、三月頃、麴町三丁目の大臣の家に、爆弾が投げ込まれて大騒ぎになったんですよ」

「大臣の家に爆弾を投げ込んだのは、倉田友子ではなくて、その頃泊まっていた、日暮里のビジネスホテルのフロント係の女性だということが、分かりました。このフロント係に、倉田友子が十万円を渡して、手製の爆弾を麴町三丁目の大臣の家に、投げ込んでくれと頼んだんです。倉田友子自身が、何を、やったのかは、今のところ、分かりません」

「まだ、身元は、はっきりしていないのですか？」

「男の写真が、ありましたね。極楽寺駅のホームに、投げ込まれた筒に入った、サラリーマン風の男の写真です」

と、十津川が、いった。

「たしか、その写真も、十津川さんにお渡ししたと、思いますが」

「私は、もしかすると、写真の男と倉田友子は、夫婦ではないかと、考えました。倉田友子は三十五歳で、男は三十七、八歳です。年齢的には、この二人が、夫婦であっても、おかしくはないと思います。そこで、二人の写真をくっつけて、全国の警察に、送りました。この二人は、夫婦と思われる。女の名前は、倉田友子、したがって、男も、倉田姓である可能性が高い。ただし、倉田友子は、日暮里のビジネスホテルに、泊まった時、田中友子と、名乗っているので、夫の名前が、田中かもしれない。いずれにしても、至急、この二人を、見つけてほしい。現在、倉田友子も、男も、死亡しているというコメントをつけて、全国の警察に送り、至急、調べてくれるように、頼んだのです」

「神奈川県警にも、今、十津川さんがいわれた依頼が、届いていましたよ。ただ、神奈川県では、該当者がいないので、その旨、報告したと、思いますが」

と、矢吹が、いった。

「ええ、そちらからの報告は、たしかに、いただきました。実は、群馬県警から、有力な回答が、来ているのです。群馬県の、高崎市内に、田中という夫妻が住んでいた。夫、田中学《まなぶ》は、三十八歳、妻の友子は、三十五歳。夫の田中学は、今年の二月十六日に、交通事故で死亡している。妻の友子は、現在、行方不明である。田中友子の、旧姓は、倉田友子である。そういう回答でした。田中夫妻の写真も送られてきました、これがそうです」

十津川は、三枚の写真を、机の上に置いた。田中夫妻の写真である。

それを、じっと見ていた矢吹が、

「間違いありませんね。女性のほうは、江ノ電の踏切に、死体で放置されていた女性と同じ顔です。夫の田中学の写真も、犯人が寄こした写真とそっくりです」

その後で、矢吹が、急に、目を光らせた。

「今、思いついたのですが、田中夫妻というのは、夫が、三十八歳、妻が三十五歳というわけでしょう？　年齢から考えると、五、六歳の娘がいたとしても、おかしくありませんね。そんなことを、今、ふと思いついたのですが」

矢吹が、いい、十津川も、うなずいて、

「私も、同じことを考えました。それで、群馬県警に、問い合わせてみました。田中夫妻の間に、五歳か六歳くらいの娘さんは、いなかったか、とです」

「どうでした？」

「群馬県警からは、田中夫妻には、子供はいません。三十八歳と三十五歳の夫婦ですが、夫婦だけの生活でした、という返事でした」

「そうですか。田中夫妻には、子供はいなかったんですか」

矢吹は、ガッカリした顔になっている。

十津川は、その矢吹を、慰めるように、

「今、三田村と、北条早苗の二人を、高崎に、行かせました。向こうに行って、田中夫妻について、詳しく調べてこいと、いいましてね。今日明日中には、田中夫妻に対する、もう少し、詳しい情報が手に入るものと、期待しています」

3

その頃、三田村刑事と、北条早苗刑事の二人は、JR高崎駅に着き、駅前でタクシーを拾うと、まっすぐ、高崎警察署に向かった。

まず、署長に会い、田中夫妻についての情報を、提供してくれたことへの、礼をいった。

その後で、三田村刑事が、

「田中夫妻について、もう少し詳しく、知りたいのですが」

署長は、引き出しから、メモを一枚取り出して、二人の前に置いた。

「そこに、田中学と田中友子が、住んでいた住所、二人が卒業した高校と、田中学が、勤めていた会社の名前を、書いておきました。そこで聞き込みをやれば、かなりのことが、分かるはずです」

と、いった。

メモによると、夫の田中学も、妻の友子も、高崎市内の、同じ高校を卒業している。

つまり、先輩後輩の、間柄である。

夫の田中学は、高校を卒業した後、高崎市内の、高崎システムという会社に入り、今年の二月十六日に、亡くなるまで、この会社で、働いていた。

三田村と早苗は、JR高崎駅近くのビルの中にある、高崎システムに向かった。田中は、この会社で、業務一係の係長をしていた。

二人は、田中学の上司に当たる業務課長に会い、警察手帳を示して、

「田中学さんは、この会社の業務課で、働いていたそうですね？」

三田村が、いった。

「ええ、そうです。彼は、業務一係の係長でした」

「地元の高校を出るとすぐ、高崎システムに、入社したんですね？」

「そうです。入社した後、もう少し、勉強したいというので、高崎大学の夜間部に、通っていました。しかし、二年で、辞めてしまったんじゃなかったですかね？　大学卒業の資格は、持っていませんでしたから」

と、課長が、いった。

「田中さんは、どんな社員でしたか？　仕事ぶりは、どうでしたか？」

と、早苗が、きいた。

「そうですね。真面目でよく働く、いい社員でしたよ。ただ、少しばかり頑固なところがあったかもしれないな」

と、課長が、いった。

「たしか、今年の二月十六日に、交通事故で亡くなったんでしたよね？」

「ええ、そうです。あの時は、ビックリしましたよ」

「市内のどの辺りで、事故に遭ったのですか？」

早苗が、きくと、

「事故に遭ったのは、高崎市内じゃありません」

「でも、この近くだったんでしょう？」

「違います」

「どこで事故に遭ったんですか？」

「たしか、神奈川県でしたね」

「神奈川ですか。なぜ、そんなところで、事故に遭ったんですか？」

三田村が、きいた。

「実は、田中君には、趣味が、一つだけ、ありましてね」

「どんな趣味ですか？」

「日本全国の、列車に乗って、その写真を、撮ってくる。そういう、趣味ですよ。それも、東海道新幹線だとか、東北新幹線のような、そういう、大きな鉄道とか、路線じゃないんです。地方の、全長が、十キロから二十キロぐらいで、単線で、古い車両を使っているような、そんな鉄道が、好きなんだという話を聞いたことがありますよ。よく、地方の小さな路線に、乗りに行っていましたね。二月十六日も、仲間と一緒に、江ノ電の写真を、撮りに行くといって、二日間、休暇を、取っていたのです。その一日目が、二月十六日でした」

「田中さんには、友子という奥さんがいましたよね？」

「ええ、そうです」

「二月十六日には、夫婦で、江ノ電の写真を撮りに行ったのですか？」

「いや、奥さんには、そういう趣味が、なかったので、その日は、田中君は、鉄道マニアの友人と一緒に行ったんですよ。奥さんは、留守番をしていたんじゃありませんか？」

と、課長が、いった。

「二月十六日に、田中さんと一緒に、江ノ電の写真を、撮りに行った人たちの名前は、分かりますか？」

「いや、分かりません」

「どうしてですか？　田中さんが、自動車事故で亡くなった時も、一緒だったんじゃ、ありませんか？」

「分かりませんが、私が、事故現場に行っていますから、事故死の模様を聞いています。それを話しましょうか？」

「私が、奥さんの、友子さんと一緒に、事故現場に行っているんです」

「ぜひ、お願いします」

と、課長が、いった。

課長の話は、次のようなものだった。

「二日間の休暇を取って、田中君が、江ノ電に乗ったり、写真を撮りに行ったことは、いいましたよね？　鎌倉に着いた時、田中君は、自転車を、借りたそうです。田中君がいうには、江ノ電は、町の中を、縫うようにして走っていて、スピードは、あまり速くない。それで、自転車と競走したら、どっちが速いか、それを、試してみたい。前々から、そういっていました」

「自転車で、電車と、競走するのですか？」

早苗が、きいた。

「ええ、そうなんです。休暇を取って、鎌倉に行く前に、彼から、話を聞きましたから、間違いありません。これから先は、私の想像ですが、一緒に行った人たちが、江ノ電に乗って、田中君一人が、走り出した江ノ電を、自転車で追いかける。そういうことを考えていたんじゃないかと、思うのです。江ノ電には、私も、一度だけ乗ったことがあるんですが、スピードが遅いし、町の中を、家の軒すれすれに、走るんです。線路の上を、自転車で走るわけにはいきませんが、路地から路地へと、うまく、走っていけば、江ノ電に追いつけるのではないか？　田中君は、そんなことを考えて、一、二の三で、自転車で、江ノ電を追いかけた。ところが、夢中で走っていて、出会い頭に、乗用車と、ぶつかってしまったのです。車を運転していた男、これは、東京のサラリーマンらしいのですが、あわてて、救急車を、呼んだのですが、間に合わなくて、田中君は、亡くなってしまった。救急車で運ばれた先の病院で、死亡が、確認されたので、免許証から、奥さんの友子さんに、電話が入り、友子さんから私に電話があって、二人で、現場に駆けつけました」

「本当に、田中さんは、自転車で、江ノ電を追いかけたんですか？」

「そうです。私なんかからみると、何て、無茶なことをしたんだとしか、思えないのですが、田中君のような鉄道マニアで、それに、特に、江ノ電が好きだったようですから、自転車で、追いかけるというのも、自然に出てくる、考えじゃないかという人が、多いですね」

と、課長が、いった。

（自転車で江ノ電を追いかけていて、乗用車と、正面衝突してしまった。自動車事故で、殺人ではないから、神奈川県警も、捜査をしなかったのだろう）

と、三田村は、思った。

「今、課長さんは、田中さんの奥さんと一緒に、鎌倉に、遺体を引き取りに行ったといわれましたね？　その時、奥さんは、何かいっていませんでしたか？」

「何かというと、どういうことでしょうか？」

課長が、きき返す。

「田中さんは、江ノ電が好きだったといいます。その江ノ電を、自転車で追いかけて、果たして、追いつけるかどうか知りたかった。その結果、乗用車と正面衝突して、亡くなってしまった。そうだとすると、友子さんにいわせれば、江ノ電さえなければ、夫は、死ななくて済んだ。無茶かもしれませんが、そんな気にもなったんじゃありませんか？　もし、そうだとすると、江ノ電が、憎らしいというようなことを、友子さんは、いっていませんでしたか？」

と、三田村が、きいた。

「いえ、そういう話は、全然聞いていませんね。夫の田中君が、突然、死んでしまった。それも、神奈川県の、鎌倉駅の近くで自動車事故に遭ってしまったわけですから、動転してしまっていて、江ノ電が憎らしいといった気持ちには、なれなかったんだと思いますね」

と、課長が、いった。

「田中友子さんが、姿を、消してしまったというのは、いつ頃からですか？」

早苗が、きいた。

「たしか、三月に入ってからだったと、思います」

「その前に、事故で亡くなった、田中学さんの葬儀が、あったんでしょう？　それは、地元で、やったんですか？」

早苗が、きく。

「もちろんです。田中夫妻の家の近くに、お寺が、ありましてね。田中家代々の墓もそこにあるので、その寺で、葬儀がありました。田中友子さんが、いなくなってしまったのは、その葬儀が、終わった後です」

「どんな葬儀だったのですか？」

「どちらかといえば、寂しい葬儀だったと思います。自動車事故で、死んだということもあったし、田中君をはねた車の持ち主との間で、モメていたんですよ。はねて、殺したんだから、当然、慰謝料も要求したんです。ところが、車の持ち主は、こちらが、クラクションを、鳴らしたのに、自転車が、突然、それも、フルスピードで、目の前に飛び出してきたので、ブレーキを踏んだが、間に合わなかった。悪いのは、あの狭い道路を、自転車で飛ばしてきた、田中さんのほうだというのです。そんなこともあって、葬儀が、寂しいものになってしまったのかもしれませんね」

「喪主は、奥さんの、田中友子さんだったんでしょう」

「もちろん、奥さんが、喪主でした」

「課長さんも、その葬儀には参列したのですか？」

「ええ、出席しました」

「その葬儀の時、田中友子さんと、何か、話をしましたか？」

「いや、葬儀の時は、挨拶をした程度で、ほとんど、何も話しませんでしたよ。そういう雰囲気では、なかったですからね」

「田中学さんは、鉄道マニアで、仲間と一緒に、江ノ電を見に行った。葬儀の時、その仲間は、来なかったのですか？」

早苗が、きいた。

「ほとんど、誰も来ていなかったような気がしますね」

「どうして、来なかったんでしょうか？」

「よくは、分かりませんが、推測すれば、江ノ電の写真を撮りに、一緒に行った仲間ですからね。自分たちだけが、無事で、何のケガもしていなかったのに、田中学さん一人だけが、死んでしまった。それで、葬儀に、顔を出しにくかったんじゃないですかね」

「その葬儀は、いつだったんですか？」

「事故の二日後の、二月十八日でした」

「田中友子さんが、姿を消してしまったのは、三月に入ってからといわれましたが、正確な日にちは、分かりませんか？」

「亡くなった田中君のことで、連絡を取りたいことがあって、会社が終わってから、田中友子さんを、訪ねていったんですよ。そうしたら、不在でした。三月五日のことです。その後、何回訪ねても、田中友子さんは、いらっしゃいませんでした。いつからいなくなったのか、正確な日は、分からないんですが、一応、三月五日からとは思っているんですが、もっと早くかもしれません」

「田中友子さんが、亡くなったのはご存じですか？」

　早苗が、きいた。

「ええ、知っていますよ。新聞にも出ましたから。たしか、倉田友子という旧姓で、新聞に出ていたんじゃなかったですか。そんなわけで、新聞に出るまでは知りませんでした」

「田中夫妻ですが、夫婦仲は、どうだったんですか？　よかったんでしょうか？」

　早苗が、きいた。

「よかったんじゃないですかね。私は、田中君と奥さんの、プライベートの生活までは知りませんが、何かの時に、あんまり夫婦仲が、よすぎるから、子供ができないんだという噂《うわさ》を聞いたことがありましたから」

「田中夫妻には、子供がなかったと、聞きましたが、子供は、好きだったんですかね？」

「好きだったと思いますよ。田中君が亡くなる少し前に、飲みに行ったことがあるんですよ。その時、どうして、子供を、作らないんだと、きいたら、田中君は、子供は、欲しいですよ。でも、できないんですよ。そういっていましたね。だから、子供が、好きで、夫婦とも、早く子供ができればと、思っていたんじゃありませんか」

三田村が、きいた。

4

課長に礼をいい、高崎システムを出ると、二人は次に、田中友子、旧姓倉田友子の、高校時代の友達に、会うことにした。

田中友子が卒業した高校に行き、彼女と、特に、親しかった女友達の名前を、教えてもらった。

その一人の名前は、小暮裕美《こぐれひろみ》で、高崎市内で、中華料理の店をやっている夫と、一緒に住んでいると教えられ、その中華料理店を訪ねていった。

ちょうど、夕食の時間になっていたので、二人は、チャーハンと餃子《ギョーザ》を、注文し、それを食べながら、カウンターの向こうにいる、小暮裕美に、話を、聞くことにした。

「高校時代、倉田友子さんと、ずいぶん仲がよかったと聞いたのですが」

三田村が、話しかけると、小暮裕美は、うなずいて、

「ええ、私が、いちばんの親友だったんじゃないかしら」

「卒業後もですか？」

「ええ、友ちゃんも私も、ほとんど、同じ時期に結婚したんですけど、結婚した後も、ずっと、今まで通りに、付き合っていましたよ」

「友子さんが、結婚したご主人、田中学さんですが、日本全国の電車に乗って、その写真を撮ってくる趣味が、ありました。鉄道マニアです。それについて、友子さんは、何かいっていましたか？」

早苗が、きいた。

「友ちゃんは、私のことをほったらかして、同じ鉄道マニアの仲間と、九州に行ったり、北海道に行ったりするのは、あまり、いい気持ちはしないけど、時々は一緒に、東北に行ったりして、楽しかったといっていましたね。友ちゃん自身は、車が好きで、大人しそうな顔をしているのに、深夜、人気《ひとけ》のない国道を、車で飛ばすのが、好きだったんですよ」

と、裕美が、いった。

「鉄道マニアのご主人が、突然、亡くなったんですが、その時の友子さんの様子は、どうでしたか？」

「たしか、二月十六日に、田中さんが、亡くなって、十八日に、お葬式が、あったんです。その時に、友ちゃんに会ったんですけど、憔悴《しょうすい》し切っていましたよ。無理もないと思うの。突然、ご主人が、亡くなってしまったんですから。病気か何かで、長いこと、入院していて、その後で、亡くなったのなら、覚悟ができているから、心の傷も小さくて済むと思うんですけど、何しろ、突然でしたものね」

と、裕美が、いった。

「その後で、友子さんは、急に、姿を消してしまいました。三月五日から、いなくなったという人が多いんですが、正確な日時は、分かりませんか?」

「私は、三月三日の、雛祭《ひなまつ》りの日に、少し小さいんだけど、内裏《だいり》様だけのお雛様を買ってきて、これを、あげたら、友ちゃんも、少しは、元気になるんじゃないかと思って、自宅に行ったんですよ。そうしたら、留守でした。次の日も留守で、どうしちゃったのかと、心配していたんです。ですから、三月三日には、もう、友ちゃんは、あの家には、いなかったと思いますけど」

「どこへ行ったか、すぐ、想像がつきましたか?」

三田村が、きいた。

「心配になったので、高校時代の友達のところに、片《かた》っ端《ぱし》から、電話をかけたんですけど、どこにも、いませんでしたし、友ちゃんの親戚の家にも、いませんでした。でも、まさか、死んだとは、思いもしませんでした」

「友子さんというのは、どういう性格の女性ですか？」

と、早苗が、きいた。

「そうですね」

裕美が、考えてから、

「高校時代は、真面目で、まっすぐすぎて、妥協しない人だから、よく、ケンカをしていましたよ。結婚したりして、かなり、柔らかくなってましたけど、それでも時々、妙に、頑固な時もありましたわ」

「ご主人が、亡くなった後、友子さんは、江ノ電については、どう、思っていらしたのかしら？　直接ではなくても、ご主人の死に、江ノ電が絡んでいたことは、たしかなんだから、江ノ電のことを、あまりよくは、思っていなかったんじゃないかしら？」

と、早苗が、きいた。

「江ノ電については、何もいいませんでしたけど、やっぱり、いい気持ちではなかったと、思いますよ」

「ご主人の田中さんは、以前からの、鉄道マニアで、列車の写真を撮ったり、列車の模型を集めたりしたと思うんですが、どうしたか、分かりませんか？」

三田村が、きいた。

「友ちゃんがいなくなってから、私が、友ちゃんの、親友だったので、大事なものが、あるかどうか、見てくれませんかと、親戚の人に、頼まれて、一緒に友ちゃんの部屋を見に行ったことがあるんです。そうしたら、ご主人が撮った鉄道の写真や、列車の模型なんかが、たくさんあったはずなのに、なぜか、一つも見つからなかったんですよ。おかしいなと思って調べたら、友ちゃんが、写真のほうは、全部焼いてしまっていて、模型は、近くの小学校に、全部、寄付したらしいのです。その小学校に行って、見せてもらいました。不思議だったのは、江ノ電の模型が、一つも、なかったんです。小学校の話によると、田中友子さんは、いろいろな模型を、持ってきてくださったけど、その中に、江ノ電の模型だけが、ありませんでしたと、いっていましたよ」

「それは、考えられませんわ。二月十六日に、ご主人の田中さんは、江ノ電に乗ったり、写真を、撮ったりするために、わざわざ、二日間の休暇を取って、鎌倉に行ったんでしょう？　それが原因で、自動車事故に遭って、亡くなってしまったんです。だから、江ノ電の模型だけが、ないなんてことは、絶対に、考えられませんわ」

と、いう。

とすると、失踪した田中友子は、ほかの電車の模型は、全部、近くの小学校に寄付して、江ノ電の模型だけを持って、姿を消したというのだろうか？　裕美の話が本当なら、そう考えるよりほかはない。

「友子さんが、いなくなったのは、あなたにいわせると、三月三日、雛祭りの日からとなりますが、その後、友子さんと、連絡は、取れたんですか？」

「一生懸命、友ちゃんの携帯に、かけてみたんですけど、全然、繋《つな》がらないんですよ。たぶん、携帯を、捨ててしまったのか、持っていても、電源を、切ってしまっていたのかも、しれませんわ」

　と、裕美が、いった。

「彼女から、手紙は、来ませんでしたか？」

「ずっと、待っていたんですけど、手紙もメールも、来ませんでした」

「友子さんが、亡くなったことは、ご存じですよね？」

「ええ、知っています。新聞に出ていましたから。でも、本当に、あんなことがあったんですか？　江ノ電の踏切に、彼女の遺体が、置かれていた。その上、彼女は、首を絞められて殺されたと、書いてありましたけど」

　裕美が、きく。

「その通りなんです。扼殺《やくさつ》されて、その遺体が、江ノ電の踏切に、放置されていたんです」

「どうして、そんなことを、犯人がしたんですか？　ひどいじゃないですか？」

裕美が、口を尖《とが》らせた。

「これは、友子さんを殺した犯人が、わざわざ、遺体を、江ノ電の踏切に、置いたんですけど、おそらく、犯人からの、メッセージではないかと、思っています。それで、おききするんですけど、友子さんは、江ノ電の踏切の上で、何か事故を起こしたことは、ありませんか？　江ノ電に限らなくてもいいんですが、例えば、閉まった踏切に、無理に、入っていって、死にかけたというような、そんなことは、なかったでしょうか？」

早苗が、きいた。

「そういうことは、なかったと、思いますよ。たしかに、友ちゃんは、車を飛ばすのが、好きだったけど、遮断機が下りた踏切に、強引に、入っていくような、そんな無茶なマネは、しませんでしたよ。そういう乱暴な性格じゃないですよ」

と、裕美が、いった。

5

警視庁からの連絡を受けて、神奈川県警本部では、今年二月十六日、田中学が、交通事故で死んだ前後のことを、江ノ島電鉄に、詳しく、調べてもらうことにした。

この調査に、最初、江ノ電側が、ためらいを見せた。無理もなかった。

交通事故で田中学が死んだことは、江ノ電に直接の責任はない。

ただ、田中学が、自転車で、江ノ電と競走して、その結果、事故に遭って死んだということで、江ノ電は、自分たちの名前が、出ることを、嫌がったのである。

そこで、江ノ電と、自転車による競走については、一切、公にしない代わりに、二月十六日に、いったい、何があったのかを調べて、どんな小さなことでも、報告するよう、江ノ電に要請した。

その結果、刑事たちの、関心を引くようなことが、一つだけ、見つかった。

それは、二月十六日の午前十時三十分頃、田中学と思われる男が、鎌倉駅の構内にあるグッズショップに現れ、いちばん大きな、江ノ電のオモチャを、買っていったというのである。

十津川と矢吹は、調査のため鎌倉駅に向かった。

「その時、お客さんは、これと、もう一つ、テーブルから落ちずに走り続ける小さなオモチャ、二台を送ってほしい。そういわれたのです」

応対した、グッズショップの女店員が、江ノ電のオモチャを指さしながら、十津川と、矢吹に、いった。

「その送り先は、高崎市内じゃなかったですか？」

十津川が、きくと、

「はい。たしかに、高崎市内でした」

「送り先の名前は、田中学ではありませんでしたか？」

田中学は、鉄道マニアであり、いろいろな電車、あるいは、SLの模型を集めていたからである。

二日間の休みを取って、江ノ電に乗りに来たので、最初の日に買ったオモチャは、すぐに、自宅に送ったのではないかと、思ったのである。

しかし、女店員は、

「田中さんでは、なかったと思います。田中さんというのは、あの日、自動車事故で亡くなった方でしょう？　その方が、午前中に、ここに来て、いちばん大きなオモチャと、転落しない小さなオモチャをお買いになったのは、間違いないんですけど、宛て名は、田中さんではありませんでした」

と、はっきり、いった。

「どこの、何という人のところに、送ったのか、調べてもらうことは、できませんか？」

十津川が、頼んだ。

江ノ電では、新しい顧客を、開拓するために、江ノ電のグッズ、あるいは、お土産を買ってくれた人について、お客が、拒否しない限り、住所と名前を、書いてもらうことにしていて、一年に一回、年賀状を、送ることにしているという。

そのため、二月十六日に、田中学が、江ノ電のオモチャ二つを送った時の控えも、取ってあった。

そこに書かれてあったのは、住所は高崎市内だが、送り先の名前は、寺沢信一《てらさわしんいち》君となっていた。

「信一君となっているところを見ると、相手は、大人じゃありませんね。子供ですね」

と、矢吹が、いった。

その言葉に、女店員が、うなずいて、

「そういえば、あの時、電車のオモチャが好きな男の子なんだと、いってらっしゃいました」

すぐ、高崎警察署に、電話をかけて、寺沢信一という名前の人間を調べてもらうことにした。

至急ということにしたので、その日のうちに、高崎警察署から、ファックスで、回答が送られてきた。

〈お尋ねの件につき、回答いたします。

該当する住所に住んでいたのは、寺沢信介《しんすけ》、三十歳、妻、亜紀《あき》、三十歳の夫妻で、子供は二人います。

一人は、長男の信一、七歳、小学生で、もう一人は、妹のみどり、四歳六カ月です。

ただし、妹のみどりのほうは、今年の、三月一日に、亡くなっています。

一家はすでに東京都調布市へ転居しております。

以上、ご報告します〉

神奈川県警では、さっそく、ファックスのお礼をいった後、高崎警察署に対して、寺沢夫妻と子供二人、亡くなった四歳六カ月の、みどりという娘について、写真を手に入れて、送ってほしいと、再依頼した。

写真は、パソコンを使って、一時間後に送られてきた。

その、四人家族の写真は、大きく、引き伸ばされて、捜査本部の壁に、貼り出された。

写真の前で、緊急の、捜査会議が開かれた。

十津川が、本部長に、報告する。

「高崎警察署には、引き続き、この寺沢信介の一家について、調べてもらっています。今のところ、この、四人家族が、今回の、一連の事件に、関係があるのかどうかは、分かっておりません。二月十六日に、自動車事故で亡くなった田中学、また、死体が、江ノ電の踏切で発見された、妻の友子の事件との関係も、分かっていませんが、田中夫妻と、この寺沢夫妻とは、同じ、高崎市内に住んでおり、二月十六日、田中学が、寺沢夫妻の息子、信一、七歳に、江ノ電のグッズショップから、いちばん大きなオモチャと、テーブルから落ちない小さなオモチャの二つを買って送っていることは間違いありません。したがって、この寺沢一家が、事件と何らかの関係があることだけは、推測がつきます」

「君は、どんな関係を想像しているのかね？」

本部長が、十津川に、きいた。

「さっき、県警の矢吹警部とも話し合ったのですが、寺沢夫妻の娘、みどり、四歳六カ月が、三月一日に死んでいます。転倒した拍子に、テーブルの角に、頭をぶつけたことが原因で、亡くなったということですが、犯人が、戸山画伯を、脅迫して描かせた絵の中でも、幼い女の子が、額をケガして、血を流しています。そのモデルが、寺沢みどり、四歳六カ月ではないか？　そう考えると、話の辻褄《つじつま》が、合ってくるのです」

「なるほど、分かった。他に、いいたいことはないか？」

本部長が、きいた。

「今、申し上げたことに、付け加えるとすれば、田中学が、この家族の男の子、七歳の信一に、江ノ電のいちばん大きなオモチャと、小さな転落しないオモチャを、送っています。そのことと、みどりという四歳六カ月の幼女の死に、何らかの関係が、あるのではないか？　そんなふうに考えています」

「例えば、どんなふうにだね？」

「二月十六日に、田中学は、江ノ電のオモチャ二つを、送っているのですから、十八日には、もう、先方に着いているはずです。七歳の、信一という男の子は、電車のオモチャが好きなんですよ。だから、田中学が送った。ところが、妹のみどりと、取り合いになった。怒った信一が、大きいほうの、江ノ電のオモチャを、妹に向かって投げつけ、それが、四歳六カ月のみどりの額に当たってしまった。その拍子に後ろに転倒、後頭部をテーブルの角に当てて、それが原因で亡くなってしまった。それで、犯人は、幼い娘が、額から、血を流していて、そこに、大きなオモチャの江ノ電の絵を描かせた。そういうことではないかと、考えています」

第六章　江ノ電論争

1

二日経《た》った。

しかし、犯人の動きが、伝わってこない。十津川には不思議だった。

犯人は、鎌倉在住の日本画家、戸山秋穂を脅かして、奇妙な絵を描かせ、その絵をすでに、受け取っている。

十津川は、その絵を使って、江ノ島電鉄を脅迫するつもりだろうと考えていた。十津川は前もって、江ノ島電鉄の広報担当者に、連絡し、犯人と思われる人間から、江ノ電を、脅迫するような電話なり、手紙が届いたら、すぐに捜査本部に、知らせてくれるようにと頼んでおいたのである。

だが、二日経っても、江ノ島電鉄からは、何の反応もない。手紙も届かなければ、電話もかかってこないという。

こちらから電話をすると、江ノ電の広報担当者は、

「警察にいわれていたので、こちらでも緊張していろいろと準備をしていたのですが、今のところ、脅迫の電話も手紙も、何も来ておりません。それに、問題の絵も、こちらには、届いておりません」

というのである。

神奈川県警の矢吹警部からも、同じような電話がかかってきた。

「そちらは、どうですか？　こちらも何か起きるのではないかと、待機しているのですが、一向に、何も起きません。肝心の江ノ島電鉄のほうに、確認しても、ここ二日間、脅迫の電話も手紙も来ていないし、まして、問題の絵が、届けられたこともないと、いっているのです」

十津川が、いった。

「こちらも全く同じで、当惑しているところです」

「ひょっとすると、江ノ島電鉄が、ウソをついているのでしょうか？　脅迫は、すでに行われているのに、江ノ島電鉄が、会社としてのメンツを考えたり、評判が落ちるのを恐れて、ウソをついている。そういうことはないでしょうか？」

と、矢吹が、いった。

「実は、私も、矢吹さんと、同じことを考えましたが、しかし、それは、考えすぎだと思うようになりました。鉄道会社が、いちばん、気にすることは、その会社が走らせている電車が、人身事故を起こしてしまうことでしょう？　江ノ島電鉄は、ここ数年、問題になるような、人身事故は、一度も起こしていません。つまり、脅迫されるような事故は、全く、起こしていないのです。ですから、今回の犯人が、脅迫してくれば、すぐ警察に連絡してくるはずだと、確信しているのです」

「そうなると、犯人は、何か心境の変化でもあって、江ノ島電鉄を脅迫するのを、止《や》めてしまったのでしょうか？」

「そういうことも、考えられますが、犯人は、すでに、原田大輔という大学生を殺しています。田中友子のほうは、犯人が殺したのかどうか分かりませんが、死体を、江ノ島電鉄の踏切に、放置していることは、間違いありませんから、死体遺棄《いき》の罪は犯しているわけです。そんな人間が、ここに来て突然、心境の変化で、脅迫を止めてしまうとは、とても考えられないのですよ」

と、十津川が、いった。

「しかし」

と、また、矢吹警部が、いった。

こうなると、お互いが、「しかし」の連発になってしまう。

「しかし、今回の犯人は、期限を区切って、戸山秋穂に、問題の絵を、描かせています。つまり、あの絵を、脅迫に使うつもりでいる。そういうことに、なりますね。ここまで、時間を意識していた犯人が、何の、心境の変化もなく、江ノ島電鉄を、脅迫するのを、丸二日間も、延期しているとは、どうしても、思えないのです」

「しかし、丸二日間、脅迫がないことは、間違いないんです」

「そうなると、犯人が、突然、自動車事故か何かで死んでしまったか、事故か急病になって、病院に、入院してしまったか、そういうことしか、考えられませんが」

「たしかに、そういうことしか、考えられませんね」

十津川のほうも、どうしても、曖昧な結論になってしまうのだ。

また一日経った。

しかし、江ノ島電鉄が、何者かに、脅迫されているという噂《うわさ》は、相変わらず、聞こえてこない。

次に開かれた捜査会議では、犯人の行動が問題になった。

「正直にいって、今、犯人が、何をしようとしているのか分からず、困っています」

十津川は、現在の心境を、正直に、三上本部長に、告げた。

「三日経ちましたが、江ノ島電鉄からは、依然として、会社は、脅迫されてもいないし、脅迫の電話も、手紙もない。問題の絵を、送りつけてきてもいない。そういう返事しか、返ってこないのです。私には、江ノ島電鉄の会社が、ウソをついているとは、思えません」

「そうなると、どんなことが、考えられるのかね?」

三上が、きく。

「これは、神奈川県警の、矢吹警部もいっていたのですが、犯人の身に、何か起きたのではないでしょうか? 犯人が急に、心境の変化で、きっぱりと、脅迫を止めてしまったのか、交通事故に遭って、死んでしまったのか、急病になって救急車で運ばれて、現在、入院しているのか、理由は、分かりませんが、精神的にか、肉体的にか、江ノ島電鉄を脅迫することができなくなってしまったのではないかと、矢吹警部はいい、私も、その考えに賛成しました。それ以外に、犯人が、丸三日間も、脅迫せずにいる理由が、見つからなかったからです」

「今、君がいったこと、矢吹警部と、話し合ったこと、それを証明することはできないのか? 早く結論を出さないと、江ノ島電鉄だって、心配がふくらむんじゃないのかね?」

と、三上が、いった。

「その通りです。憶測だけでは、どうしようもありません」

「それで?」

「日本中で、この三日間に、何人の病死があったか、正確な人数は、分かりません。交通事故死のほうは、新聞に出ますし、全国の警察に、照会すれば、出てくると思って、調べました」

「その結果は、どうだったんだ？」

「この三日間に、交通事故で死んだ人数は、全国で、十六人でした。このうち七人が男性です。そのうち、六十歳以上が、四人いましたが、これは、除外します。残りは三十代一人、二十代一人、そして、十代が一人です。犯人の今までの行動から見て、十代、この十代は十四歳の中学生ですから、これも除外できると思います。残るのは二人です。名前は、すぐ分かりました。三十代は、三十五歳の山田康夫《やまだやすお》、東京の三鷹《みたか》に住んでいるサラリーマンですが、三日間の最初の日に、交通事故で死亡しています。二十代のほうは、名前は後藤誠《ごとうまこと》、二十一歳で、S大の三年生です。こちらは二日目に、夜間、横断歩道を渡っていて、車にはねられて、死亡しています」

「このどちらかが、犯人である可能性は、あるのか？」

「まず、三十五歳のサラリーマン、山田康夫のほうですが、田中友子の死体が、江ノ電の踏切に、置かれていた日のアリバイがありました。この日、山田康夫は、会社の仕事で、沖縄に出張していて、丸一日、沖縄に、滞在していたのです。山田康夫が働いている会社、それから、沖縄の出張先で、確認しましたので、間違いありません。次は、二十一歳の後藤誠のほうですが、親しい友人が、S大の仲間に頼んで、きいてくれました。後藤誠は、たしかに、鉄道マニアで、自ら模型を作ったりしていますが、今回の事件では、犯人が、田中学の写真を筒に入れて、江ノ電の電車から極楽寺駅のホームに投げたという一件がありました。この日、後藤誠は、夕方から仲間三人と、自宅マンションで、マージャンをして、朝まで徹夜していたことが、分かりました。したがって、こちらも、江ノ電から、田中学の写真が投げ落とされた、この日のアリバイが、成立したことになります」

「すると、犯人が、突然、交通事故で死亡したというケースは、消えたわけだね？」

「ええ、消えました。次は、犯人が、急病になったか、何かの事故に遭い、救急車で、病院に運ばれて、現在、入院しているのではないかというケースです。こちらは、調べるのに、時間がかかりました。全国の消防署に問い合わせをして、ここ三日間に、犯人と思われる男が、救急車で、病院に運ばれていないかを調べました。しかし、該当するような男は、一人も、見つかりませんでした」

「ほかのケースは、考えられないのかね？」

「犯人は、田中友子を殺したかどうかは分かりませんが、死体遺棄の罪は犯しています。それから、原田大輔という大学生を、殺しています。つまり、殺人と死体遺棄の罪を犯しているのです。第三のケースが考えられるとすれば、犯人が、この二つの容疑で、警察に逮捕されることが、怖くなって、逃亡したというケースです」

「たしかに、十分考えられるケースだが、この場合も、捜査は難しいだろう。肝心の犯人の名前も、顔も分からない。捜査のしようが、ないんじゃないのかね？」

と、三上が、いった。

「その通りです。そこで、犯人が、海外に逃亡したケースだけを、調べてみました。この三日間、犯人と思われる男が、日本から、海外に出たことがないかということです。全国の、入国管理局に、調べてもらいました。この三日間、日本から海外に出た日本人は、合計三千六十二人に、達しています。そのうち、女性を除くと、残りは二千三百六十五人、すぐに帰ってきた人間、ほとんどが、観光客ですが、これを、除外しました。残りは四百二十人です。このうち、二十代から四十代までは、六十四人になります。日本に本社があり、海外に、支社があって、その支社に、出張や転勤で行った者を除くと、残りは八人と、少なくなります。この八人について、前と同じように、大学生の、原田大輔が殺された時と、田中友子の死体が、江ノ電の踏切に置かれた日の、アリバイを調べました。そうすると、容疑者は、ゼロということになってしまいました」

「そうなると、君と神奈川県警の矢吹警部が考えた三つのケースは、残念ながら、全て、否定的な答えしか、見つからなかったというわけだな？」

「そうです。捜査にこぼれた者が、いるかもしれませんが、十中八九、三つのケースは消えました」

「犯人は生きている」

「そうです。生きていて、日本にいます」

「今日は四日目だ」

「そうです」

「それなのに、なぜ、犯人は、江ノ島電鉄を、脅迫してこないのかね？」

「ひょっとすると、犯人の狙いは、江ノ島電鉄では、ないのかもしれません」

「田中友子の死体は、間違いなく、江ノ島電鉄の踏切の上に、置かれていたんだ。明らかに犯人は、江ノ島電鉄を、脅迫しようと思っているか、あるいは、挑発しているんだと、思うがね」

「しかし、この時に、犯人から、江ノ島電鉄に対して、脅迫するような手紙や電話はありませんでした」

「ほかにも、理由がある。犯人は、極楽寺駅のホームに、亡くなった田中学の写真を、筒に入れて、投げ捨てた。しかも、その写真には、死者を暗示する三角布が、男の額に、描き加えられていたじゃないか？」

「その時も、犯人は、江ノ電に対して、脅迫の電話をしたり、写真や手紙を、送りつけてはいません」

「しかし、そのどちらも、江ノ電にしてみれば、迷惑な話じゃないか？　犯人は、死体を、踏切の上に置いたり、極楽寺駅を使って、騒ぎを、起こしたりしているんだからな。

それを考えれば、犯人は、江ノ島電鉄に対して、二回とも、挑戦的な態度を取っていることになる。だとすれば、犯人の狙う相手は、江ノ電以外には、考えられないと思うがね」

「たしかに、そうですが、最初の大学生が、殺された事件の時は、死体を、江ノ電の踏切に置いたわけでもありませんし、殺人現場に、江ノ電のオモチャが、置いてあっただけです。この殺人は、江ノ電に関係があるんだということを、示していますが、この時も、犯人は、江ノ島電鉄を、脅迫してはいないのです。それも、江ノ電に関係した殺人であることを、江ノ島電鉄に対してではなくて、一般に、あるいは、警察に対して示しているのです」

「じゃあ、君は、この犯人が、どういう人間だと考えているのかね？」

三上が、いらだたしげに、十津川を見た。

「私には、正直いって、犯人が、江ノ電を愛しているのか、逆に、憎んでいるのか、それも、分からないのです。今までは、江ノ電を、憎んでいると、思っていたのですが、違うのかもしれません」

十津川が、いった。

「しかし、犯人が、江ノ電を愛しているとは、私には、とても、思えんね。愛していれば、江ノ電の踏切に、死体を置いたり、江ノ電の駅で騒ぎを起こすようなことをやるかね？」

「その通りですが、あの二つの行為も、江ノ電のオモチャを使ったことも、ひょっとすると、江ノ電を、愛しているからかもしれません」

「そうかね。私には、とても信じられないがね」

「全くあり得ないことではないと、私は思うのです」

十津川は、頑固に、主張した。

「どうして、考えられないことではないのか、それを、ぜひ、説明してほしい」

「どうも、うまく説明できません」

「君らしくないじゃないか？」

「犯人が、江ノ電を愛しているとしたらと、考えているのですが、そうなると、戦おうとしている相手は、江ノ電ではないことになります。その、戦う相手の、明確な姿が、どうにも、浮かんでこないのです」

「君は、敵の姿が、分からないというが、問題の絵が犯人の手に渡ってから、丸三日経っている。今日で四日目だ。君の想像が当たっていれば、その間に、江ノ島電鉄ではない、ほかの人間なり、会社、団体なりを、あの絵を使って、脅迫していることになる。どうしたら、今、犯人が、脅迫している相手が、見つかると思うかね？」

「それも、分かりません。神奈川県警の矢吹警部も、私と同じように、考えているらしいので、矢吹警部に会いに行ってきます。二人で、話をすれば、何かヒントが、見つかるかもしれませんから」

と、十津川が、いった。

2

十津川は、鎌倉駅で、矢吹警部と、落ち合った。

その足で、戸山秋穂が、毎日のように、通っているイワタコーヒー店に行き、コーヒーとホットケーキを注文した。そのコーヒーを飲み、ホットケーキを食べながら、二人は、自分の考えを、ぶつけ合った。

「私も、犯人による、あの絵を使っての脅迫は、すでに、始まっていると思うのです。ただ、その相手が、今までは、江ノ電とばかり思っていたのですが、今は、違うのではないかと、思うようになっています」

まず、矢吹が、いった。

「その点、私も、矢吹さんと、同じ考えですが、ただ、その相手が、皆目《かいもく》、見当がつかないのです」

十津川も、いった。

「これでは、話が進みませんね」

「そうなんですよ」

「じゃあ、こうしましょう。犯人は、江ノ電のファンだと考えましょう。それなのに、犯人は、死体を江ノ電の踏切に置いたり、極楽寺駅のホームに、亡くなった男の写真を、投げ捨てたりしています。こうした行為は、江ノ電のファンが、することじゃありません。それでも、犯人は、江ノ電のファンだと考えて、推理を、進めていこうじゃありませんか？」

と、矢吹が、いった。

その考えに賛成だと、十津川も、応じた。

「そうなると、犯人が、脅迫している、あるいは、挑戦している相手は、江ノ電が嫌いな人間、または、組織だということに、なってきますね？」

と、矢吹が、いう。

「私も、そう思います。第一に思い浮かぶのは、江ノ電のライバル会社ですが、これは、ちょっと考えにくいですね。江ノ電が、今、走っているルートを、考えると、周辺の、どこの鉄道とも、競合していないのです。それだけ、うまいルートを、江ノ電が、走っていることになりますが」

と、十津川が、いった。

「その点は、同感です。私は、私用でも、捜査でも、何回か、江ノ電に乗っていますが、ほかの鉄道が、走っていないところを、江ノ電は、走っています。ですから、競合する会社は、見当たりません」

「あとは、江ノ電を、扱った本か、雑誌か、あるいは、テレビかということになってきますね。江ノ電の悪口を、書いたり、放送した本や雑誌、テレビに対して、犯人が、挑戦したというふうに、考えられなくはありません」

「しかし、江ノ電は、人気が、ありますからね。江ノ電の悪口を書いた本とか雑誌、あるいは、テレビ番組が、あるのかどうか」

「それでは、その点を調べて、その結果を持って、明日、もう一度話し合うことにしませんか？　場所は、この喫茶店、時間は午後一時でどうですか？」

十津川が、提案し、

「それで、構いません」

と、矢吹警部が、応じた。

3

翌日の、午後一時、十津川は、今度は亀井を連れて、鎌倉駅の近くのイワタコーヒー店に向かった。亀井を、同行させたのは、江ノ電を扱った媒体を調べていたからである。

矢吹は、約束の時間に十分ほど遅れて、息を切らせながら、店に入ってきた。

昨日と同じように、コーヒーと、ホットケーキを、注文してから、

「該当する本や雑誌、テレビ番組などが、見つからなくて、困っていたのです。そうしたら、時間ぎりぎりになって、やっと一つ、雑誌が、見つかりました。それを持ってくるので、遅れてしまいました。申し訳ない」

その矢吹が、手に持っている雑誌を見て、十津川が、笑顔になった。

「この雑誌ですね」

十津川は、笑いながら、自分の持ってきた雑誌を、テーブルの上に置いた。

今度は、矢吹が、笑って、同じように、持参した雑誌を、テーブルの上に置いた。

その雑誌の名前は「列車マンスリー」である。

「十津川さんも、この雑誌が、気になったのですか？」

矢吹が、いう。

「そうなんですよ。こちらの、亀井刑事も、同じように、国会図書館に行って、最近出た鉄道や列車を扱った雑誌を、片っ端から見ていったら、この『列車マンスリー』の記事が気になったそうなんですよ。二月号も三月号も、江ノ電の特集で、表紙には、江ノ電の写真が載っています」

「私も、気になったのは、十津川さんがいわれたように、二月号と三月号が、江ノ電の特集に、なっているからなんです」

「二月号は、今いったように、江ノ電特集なんですが、気になったのは、やたらと、江ノ電を賛美しているということです。素晴らしい市民の電車で、乗ると、ハッピーな気分になれると、書いていますが、江ノ電特集が出た後に、大学生の原田大輔が、殺されているんですよ」

十津川がその記事の要約を、矢吹警部に説明した。

「二月号の記事は、今、十津川警部がいったように、江ノ電は、素晴らしい市民の電車だ。乗っていると、ハッピーな気分になれる。こういう電車は珍しいと、書いているのですが、気になったのは、記事の半分くらいが、江ノ電の乗客の態度、エチケットを、批判していることなのです。例えば、こういう記事があります」

と、断ってから、亀井が、その記事を読んだ。

〈大人も子供も、江ノ電が大好きなのだ。

ほかの電車の場合と違うのは、江ノ電のファンというのは、家族全員が、ファンだというケースが多いことである。普通、鉄道好きな一家の場合でも、父親が、東北の電車が好きだというと、母親のほうは、家の近くを走る電車が好きだといい、カメラを持った息子や娘は、ほかの、例えば、北海道を走っている、列車の写真を撮ってきて、これがいちばん好きだと、主張する。ところが、江ノ電の場合は、なぜか家族全員が、江ノ電を好きになってしまうのだ。

そこまではいいのだが、最近のファン一家の中には、イタズラ盛りの子供、特に、男の子の場合は、踏切のレールの上に、小さな石を載せて、それが飛ぶのを面白がったりする。しかも、親がそれを注意しないのだ。

これは、本当の鉄道ファンの行動ではない。子供が分からなければ、両親が、それを叱り、本当の江ノ電のファンならば、そういうことは、絶対にしてはいけないというように、いい聞かせることが必要だ。

最近、これを、守らない家族がいて、そんな人が江ノ電のファンだと、主張すると、私は悲しくなってくる。江ノ電は、可愛《かわい》くて、それだけに、傷つきやすい電車なのである。だから、江ノ電のファンは、江ノ電と、同じように、繊細でなければならない〉

「これが、二月号の記事です」

「江ノ電のファンは、この記事を読んで、どう思うんでしょうかね？」

矢吹が、十津川を見、亀井を見た。

「たしかに、本当の、江ノ電ファンなら、そんなことをしないだろうと、思いますが、私も、その記事を読みましてね、江ノ電ファンに対して、教えてやる、あるいは、注意するという感じが、表れていて、あまり、いい気持ちはしませんでしたね。偉い人が、バカな江ノ電ファンがいるので、困るといっているような、そんな書き方に感じるんです」

「この記事が載った後に、原田大輔という大学生が、殺されたわけですよね？　犯人が、この記事に対して腹を立てて、原田大輔を殺して、現場に、江ノ電のオモチャを、置いておいたのでしょうか？」

「たしかに、『列車マンスリー』の江ノ電特集の記事が、上から見下ろして、江ノ電ファンを、叱っているようで、読者にとって、不愉快なことは、理解できますが、だからといって、何の罪もない大学生を殺して、その現場に、江ノ電のオモチャを置いておくようなことは、普通の人間なら、しませんよ」

「次は、三月号のほうです。これにも、江ノ電特集の続きが、掲載されていて、美しい江ノ電のカラー写真が、たくさん載っています。記事のほうを見ると、今回も、前月号と同じく、江ノ電ファンに対して、苦言を、呈《てい》しているんですよ。その部分を、読んでみます」

亀井は、その記事を、読み始めた。

〈私が、江ノ電を好きな理由の一つに、江ノ電のスピード、車内の雰囲気、あるいは、江ノ電が走っている周囲の景色や、人情、そうしたもの全てが、人間の生活のリズムだということがある。

例えば、毎日同じ時間に、江ノ電に乗って、東京の会社に出かける、サラリーマンが、江ノ電の周辺に住んでいる。ある有名な、日本画家は、鎌倉駅の近くに住んでいて、毎日、江ノ電に乗って、長谷駅まで行き、あの大仏の絵を、描いているのだそうだ。その日本画家は、毎日江ノ電に乗っているほかに、江ノ電の周辺にある、喫茶店、フランス料理の店などを、毎日利用しているという。

江ノ電が、この日本画家の生活の一部に、なっているのである。だから、私も、江ノ電のスピードが、今より、速くならないことを願っている。

人間の生活のリズムに合っていることに、江ノ電のよさがあると、思うからである。

ところが、観光客の中には、バカな人間がいて、江ノ電と自転車が、駆け比べをしたら、はたして、どちらが、速いだろうか？　そんなことを考えて、仲間を連れて、遠くから江ノ電に乗りにやって来て、その中の一人が、自転車で、江ノ電と競走して、曲がりくねった町の道路を走ったそうである。

その結果、彼が、出会い頭に、車と衝突して死亡したというのは、いかにも、お気の毒ではあるが、江ノ電と、競走するなどというのは、江ノ電ファンとしては、あまりにも、バカげていると、いわざるを得ないではないか？　そんなことで、命を失ってしまってどうするのか？

おそらく、この男の家族は、江ノ電が、嫌いになってしまっているだろう。こんなことで、江ノ電嫌いが、増えてしまったら、江ノ電ファンの私は、泣くにも泣けない思いである〉

「これは、例の、田中学という人のことでしょう？　彼は、この記事に書かれているのと同じ事故を、起こしていますよね？　同じ江ノ電マニアの仲間と、一緒にやって来て、自転車に乗った田中学が、江ノ電と、競走することになって、出会い頭に、車とぶつかって死亡してしまった。それを、批判した記事じゃないですか？」

「その通りです。その後、田中学の妻、友子の死体が、江ノ電の踏切に、置かれたんです」

「つまり、その犯人の行為は、今、亀井さんが読まれた『列車マンスリー』の記事に対する抗議だというのですか？」

「そうではないかと、思ったのです」

「それについては、私は、反対ですね。私たちは、犯人が、江ノ電を憎んでいるのではなくて、逆に、江ノ電のファンだという立場で、推理を進めています。ですから、犯人が、その『列車マンスリー』の記事に対して、怒るのは分かりますよ。しかし、田中友子の死体を、踏切に置いて、いったい、どうするんですかね？　それこそ、江ノ電を、汚すような行為じゃありませんか？　少なくとも、江ノ電のファンが、取るような行為とは、とても、思えませんね」

「たしかに、江ノ電ファンの行為としてはおかしいですが、この行為も、犯人のやったことだと考えないと、ストーリーの一貫性が、出てこないんですよ」

と、十津川は、主張した。

「しかし、納得できませんね。犯人は、この『列車マンスリー』の江ノ電特集に抗議して、行動を起こしたわけでしょう？　それが何かというと、最初は原田大輔という十九歳の大学生を殺し、次に、田中友子の死体を、江ノ電の踏切に置いた。三番目は、極楽寺駅という、江ノ電ファンが、いちばん好きな駅のホームに、田中学の写真を、筒に入れて、放り投げた。この三つですよ。私から見れば、こんな人間が、果たして、江ノ電のファンと、いえるのだろうかと、考えてしまいますね」

と、矢吹が、いった。

十津川は、すぐに反論できなかった。矢吹の意見にうなずく部分が多かったからだ。

たしかに、犯人の行動は、明らかに、殺人犯の行動であり、とても江ノ電ファンが取るべき行動とは、思えない。

議論は、行き詰まってしまった。

「こうなったら、この『列車マンスリー』の雑誌を、出している出版社に行ってみませんか?」

と、亀井が、提案した。

十津川は賛成し、矢吹警部も、賛成した。

三人は、東京・神田にある、列車マンスリー社に行ってみることにした。

4

その出版社は、JR神田駅から、歩いて七、八分のところにあった。

雑誌は、「列車マンスリー」しか、出していないから、小さな出版社だろうと、思っていたが、行ってみると、三階建ての小さなビルでも、その全部を、列車マンスリー社が使っていた。

社長の名前は、瀬戸新太郎《せとしんたろう》、五十二歳である。

社長室は二階にあって、そこは広い洋室になっていて、HOゲージの列車模型を、走らせるジオラマができていた。

さらに、社長室の奥へと入ると、そこには、小さいが、精巧にできている江ノ電のジオラマもあった。

「なかなか優雅な趣味を、お持ちですね」

十津川が、いうと、社長の瀬戸は、ニッコリして、

「まあ、いわば、これが、私の唯一の道楽ですから」

「社長さんは、江ノ電が、お好きなようですね？」

「ええ、好きですよ。江ノ電くらい楽しくて、優雅で、可愛らしい電車は、ほかには、ありません」

「瀬戸社長は、江ノ電の周辺に、お住まいですか？」

矢吹が、きいた。

「住みたいと、思ってはいるんですが、今は、仕事が忙しいので、都内に、住んでいます。将来、リタイアした時には、江ノ電の見えるところに、住んでみたいなと思っていますが」

と、瀬戸が、いった。

十津川は、「列車マンスリー」の二月号と三月号を取り出して、机の上に置き、

「これは、こちらで出しておられる雑誌ですね？」

「その通りです。来月号で、創刊二十年になります」

「できれば、編集長に、会わせていただけませんか？」

と、いうと、

「うちは、編集長というのは、置いておりません」

と、瀬戸が、いう。

「普通、雑誌には、必ず、編集長がいると思うのですが、『列車マンスリー』には、どうして、編集長がいないのですか？」

「実は、私の主張を、全面的に取り上げる雑誌にしたいので、編集長は置かずに、私が全てを取り仕切って、作っているんですよ」

「なるほど。二月号と三月号で、江ノ電の特集を、やっていますが、これも社長兼編集長の瀬戸さんが考えた特集で、記事も、あなたが、書いているんですか？」

「ええ、その通りです」

「二月号と三月号に載せた江ノ電の特集記事の半分は、江ノ電のファンに対する、批判というか、注意ですね？」

十津川が、きいた。

「そうです。最近は列車ブームで、ともすると、ファンが騒いだり、あるいは、電車に触ったり、イタズラ書きなどをして困ることがあるので、ちょっと、批判する記事を載せてみました。おかしいですか？」

「おかしくはありません。ただ、少しばかり、批判がきつすぎるという感じはしました。

読者の中には、文句をいってくる人もいるんじゃありませんか？」

「そうですね、よくいってくれたと、賛成や励ましの意見も、寄せられますし、反対の意見もありますよ」

「反対の意見に対しては、返事をするんですか？」

「返事をする場合も、ありますが、バカらしい批判に対しては、無視することにしています。そんなものに、いちいち応《こた》えていたら、きりがありませんからね」

「最近、無視できないような、抗議の手紙があったり、電話がかかってきたことは、ありませんか？」

十津川が、きくと、

「ちょっと待ってくださいよ」

急に、瀬戸の顔に、警戒の色が、浮かんだ。

「刑事さんが来て、そういう質問をするところを見ると、江ノ電の特集記事に絡んで、刑事事件が、起きていないかと、それを、おききになっているわけですか？」

「その通りです。この二つの号が出た後、東京で大学生が一人、殺されました。名前は、原田大輔、十九歳です。その現場には、なぜか、江ノ電のオモチャが置いてありました。このジオラマで走っているのと同じ、江ノ電です。ひょっとすると、『列車マンスリー』のせいではないか？　雑誌に対する抗議ではないか？　そう、思ったのですが、違いますか？」

十津川が、きくと、瀬戸社長は、手を大きく横に振って、

「いいえ、違いますよ。その事件のことは、知っていますよ。何しろ、江ノ電のオモチャが、現場に、残されていたということですからね。そこの棚をご覧になると分かるように、それと同じオモチャが、ここにも置いてあるのです。江ノ電の新しいグッズが出ると、全部、買うことにしているのです。しかし、殺人事件でしょう？　殺人事件と私、それから『列車マンスリー』とは、何の関係も、ありませんよ」

瀬戸が、強調した。

「三月号の記事ですが、ここには、江ノ電のファンの一人が、自転車で、江ノ電と競走して、車にぶつかって、死んだ事件があって、そのことがそのまま、載っていますね。実名は書いてありませんが、この記事の中には、こんなバカなマネをしてはいけない。本当の江ノ電ファンなら、こんなことは、しないと書いてありますね。この記事に書かれている、事故で死んだ人というのは、田中学という人では、ありませんか？　瀬戸さんは、あの事件を下敷きにして、批判記事を書いたのでは、ありませんか？」

「たしかに、刑事さんのおっしゃる通り、あの事件を、下敷きにして、この記事を書きました。田中学という名前は、忘れていましたが、思い出しましたよ。たしか、県外から、わざわざ、江ノ電に乗ろうとして、グループでやって来た人でしたね。その中の一

人が、江ノ電はスピードが遅いから、自転車で、競走すれば、勝つかもしれない。そんなバカなことを考えて、曲がりくねった路地を、自転車で走ったんですよね。路地から、飛び出した時に、車とぶつかって死んでしまった。もちろん、亡くなった人は、気の毒だと、思いましたが、江ノ電を使って、そういう、バカなマネはしないでほしい。そういう気持ちで、あの記事を書いたのです」

「先日、江ノ電の踏切に、三十代の女性の死体が、置かれていました。このことは、ご存じありませんか？　新聞やテレビが、大きく扱った、ショッキングな事件なんですけどね」

今度は、県警の矢吹警部が、きいた。

「ああ、その事件のことも、知っていますが、私が書いた記事とは関係がないでしょう。私が書いたのは、バカな競走をして、車にはねられた男のことですから」

「しかし、死体で発見されたこの女性ですが、名前は、田中友子、つまり、車と衝突して、死んだ田中学さんの奥さんだったんですよ」

と、矢吹が、いった。

「そうなんですか」

瀬戸社長は、大げさに、驚いてみせてから、

「それは、全く、知りませんでした。しかし、犯人は、田中学さんの奥さんの死体を、

どうして、江ノ電の踏切に、置いたりしたんですかね？　そんなことをしたら、江ノ電の名前を傷つけることになると、思うんですけどね」

「その通りなんですが、あなたが、三月号に書いた批判記事に対する抗議だとは、思いませんでしたか？」

続けて、矢吹が、きいた。

「いや、そういうふうには、全く考えませんでしたね」

瀬戸が、いう。

「どうしてですか？　その死体は、田中学さんの、奥さんなんですよ」

「女性の死体が、江ノ電の踏切に置かれていたことは知っていましたよ。しかし、その後、長い間、女性の身元は、分からなかったんじゃありませんか？　だから、私が、考えようがないんですよ」

「今は、どうですか？　死体が、田中学さんの奥さんだと知って、何か、考えることはありませんか？」

十津川が、きいた。

「困りましたね。たしかに、踏切に置かれていた死体が、あの、交通事故で死んだ人の奥さんだとすると、夫婦揃《そろ》って、死んでしまったわけで、とてもお気の毒だとは思いますよ。しかし、ご主人の田中学さんは、バカなことをして、死んでしまった。申し訳ないのですが、そのことには、あまり同情を、感じないのですよ。奥さんのほうは、分かりません。誰かに、殺されたわけでしょう？　でも、私は、その犯人を、知りませんから」

「あなたが『列車マンスリー』の三月号に書いた批判記事、つまり、車にはねられて死んだ、田中学さんのことを、批判した記事のせいで、奥さんが殺され、江ノ電の踏切に、死体が置かれたと、思いませんか？」

「いや、思いませんね。第一、どうして、そういうことに、なるんですか？　バカな死に方をしたご主人のことを、たしかに、批判したことは事実ですし、身内の方にしてみれば、腹が、立つでしょうね。しかし、実名は伏せて書いたし、私の意見に賛成だという読者からのメールや手紙が、何通も来ているんですよ」

「もう一つ、おききしたいのですが、最近というか、ここ四日の間に、妙な絵が送られてきませんでしたか？」

　十津川は、ポケットから、問題の戸山秋穂の絵を、写し取った写真を取り出して、瀬戸の前に置いた。

「この絵です。同じものが、社長さんのところに、送られてきませんでしたか？　たぶん、その絵には、あなたに対する、批判の言葉、あるいは、抗議の言葉が、書いてあったと思うのですが」

「これと同じ絵ですか？」

「そうです。実は、ある有名な日本画家が、描いた絵です」

「こんな絵、初めて見ましたよ。第一、わけの分からない絵じゃないですか？　江ノ電のオモチャが、ぶつかって、女の子の額から、血が流れている。そういう絵でしょう？　幼い子供たちは、しょっちゅう、こんな目に遭っていますよ。机の角にぶつかって泣いたり、お兄さんにイジメられて、オモチャか何かで、殴られて血を出したりすることは、子供の世界では、日常茶飯事でしょう？　こんな絵で、誰を、攻撃しようというのですかね？　攻撃にも何にも、なっていないじゃないですか？」

と、瀬戸が、いった。

やたらに、興奮した口調に、なっている。

（あの絵は、この社長に、送られてきたのかもしれないな）

と、十津川は、思った。

「社長さんに、お子さんはいますか？」

亀井が、きいた。

「いることはいますが、長女は、結婚していますし、長男は、大学生です。この絵のような子供じゃありません」

と、社長が、いった。

「じゃあ、もうお孫さんがいらっしゃるわけですね？」

亀井が、きくと、

「たしかに、孫は二人いますけど、娘夫婦も孫たちも、一緒には、住んでいませんよ」

と、社長が、いった。

「お孫さんは、何歳と、何歳ですか？」

「男の子が五歳で、女の子が四歳」

と、社長は、ぶっきらぼうに、いう。

「そのお孫さんのうち、女の子のほうですが、江ノ電のオモチャが、ぶつかって、額を傷つけたことはありませんか？」

「いや、そんなことはありません」

相変わらず、瀬戸は、怒ったような口調で、いう。

「瀬戸さんは、江ノ電が、お好きなようですから、江ノ電のオモチャを、お孫さんに買ってあげたことも、あるんじゃありませんか？」

これは、矢吹警部が、きいた。

「ええ、ありますよ。でも、女の子には、江ノ電のオモチャは、買いませんよ。男の子だけです」

「もう一度、おききしますが、この写真と同じ絵が、この四日間の間に、会社宛てか、あるいは、瀬戸さんの自宅に、届いたことはありませんか？」

改めて、十津川が、きいた。

「こんな絵、見たことはありませんね。ウソじゃありませんよ。本当に、その絵を、見たのは、今が、初めてなんですから」

瀬戸は、相変わらず、強い口調で、否定した。

5

十津川たち三人は、瀬戸に、礼をいい、列車マンスリー社を出ると、東京の捜査本部に向かった。

神奈川県警の、矢吹警部を交えて、捜査会議を開く必要があると、十津川は、考えたからである。

捜査会議には、三上本部長も、出席した。

十津川は、その三上本部長に、神田にある列車マンスリー社の、瀬戸社長に会って、話を聞いたこと、それに併せて、瀬戸社長に対する自分の感想も、報告した。

「つまり、君も、神奈川県警の矢吹警部も、瀬戸社長が怪しいというわけかね？」

三上が、きいた。

「少なくとも、あの社長は、ウソをついています。そんな絵は、見たことないといっていましたが、問題の絵を、受け取っていると思うのですよ」

十津川が、いった。

「どうして、そう、思うのかね？」

「社長に、絵と同じ大きさの写真を、見せました。その時、明らかに、瀬戸社長の顔に動揺の色が、浮かんだのです。その後、この絵を見たのは、初めてだし、受け取ってもいないといっていましたが、あの動揺の色を見ると、間違いなく、あの絵を受け取っていますね」

十津川が、いうと、矢吹も、

「私も、十津川警部と、同じように、瀬戸社長の顔に、動揺の色が浮かんでいるのが、はっきりと分かりました。ですから、全面的に賛成です」

「しかし、犯人は、この絵を」

と、三上は、十津川が広げた、問題の絵の写真に目をやって、

「この絵を使って、犯人は、どう、瀬戸社長を、脅迫したと思うのかね？　具体的な脅迫の方法が、分かっているのかね？　もし、分かっているのなら、教えてもらいたいのだが」

と、いった。

「残念ながら、犯人が、どうやって、瀬戸社長を、この絵で、脅迫しているのかは、分

かりません。ただ、瀬戸社長には、すでに結婚した娘夫婦がいて、五歳の男と四歳の女の二人の子供、つまり、瀬戸社長から見れば、孫がいることが、分かっています。ちょうどこの絵で、額から血を流している女の子と、同じ年代です」

十津川が、いった。

犯人が列車マンスリー社の、瀬戸社長のところに、あの絵を、送りつけたことは、まず間違いないだろうと、十津川は思っている。あれだけの強い反応を、瀬戸社長が、示したからである。

それが、正しいとすれば、最初の被害者、大学一年生の原田大輔、二人目の被害者、田中友子の件も、同じ犯人の、仕業《しわざ》だろう。

そして、大学生を殺して、現場に江ノ電のオモチャを、置いたこと。

田中友子の死体を、江ノ電の踏切に置いたこと。

彼女のハンドバッグにも、江ノ電のオモチャが入れられていたこと。

全ては、犯人が、あの瀬戸社長を、脅迫、あるいは、挑発したことの、証拠だろう。

しかし、犯人が、どうして、そんなことをしたのか、そして、犯人は誰なのか？

この時、十津川の頭に浮かんだのは、一人の名前だった。

寺沢信介、三十歳である。そして、彼の妻亜紀三十歳と、二人の子供のことだった。

第七章　抗議するマニア

1

翌日、十津川は、寺沢信介に、会いに行くことにした。

寺沢信介の現住所は、東京になっていた。東京といっても、多摩川のそばの、調布市内だった。

多摩川を越えれば、そこは、江ノ電の走る神奈川県である。

寺沢信介が、多摩川べりの調布市内に移り住んだのは、最近のことだということが分かった。そのことに、寺沢信介という男の、強い意志のようなものを、十津川は感じた。

現在、寺沢信介について、十津川が知っていることは、それほど、多くはない。

年齢三十歳、妻である亜紀も、三十歳、男の子が一人いる。

亡くなった田中学の親友であり、寺沢信介もまた、江ノ電のマニアである。

田中学は、死んだ日に、江ノ電のオモチャを、寺沢信介の子供に送っている。

今、分かっているのは、それぐらいである。

十津川は亀井を連れて、調布市のはずれ、多摩川に面して建てられた、プレハブ二階建ての寺沢信介の家を訪ねた。

寺沢信介は、仕事からまだ帰っていなくて、妻の亜紀だけが家にいた。

「七歳の息子は、今、小学校に行っています」

と、亜紀が、いった。

その時、十津川は、二人の子供のうちの一人、四歳のみどりが、亡くなっていたことを、いまさらながら強く感じた。

「ご主人の寺沢さんは、いつ頃、会社から帰ってこられますか？」

十津川が、きくと、亜紀は、

「寺沢は、今年になって、八年間勤めた会社を辞めて、今は毎日、江の島に通って、向こうにいる、江ノ電のファンと一緒に、江ノ電の本を作る作業を、しています」

と、いう。

そういえば、リビングルームの棚には、江ノ電の模型や、例のオモチャが、ズラリと並んでいるし、江ノ電の写真が、何枚も飾ってあった。

「江ノ電の本を、作るんですか？」

と、亀井が、きいた。

「ええ、お金を出してくれる人がいて、今、寺沢は、その作業に、のめり込んでいるんです。会社を辞めたのも、そのためだと、自分でいっています」

十津川が、例の雑誌「列車マンスリー」の二月号と三月号を、亜紀の前に置いた。

「この二冊は、江ノ電の特集をやっているんですが、この雑誌、ご主人の寺沢さんは、読んだことが、あるでしょうか？」

十津川が、きくと、亜紀が、笑った。

「ええ、寺沢も、読みましたし、私も読みました。寺沢が、本当の江ノ電の本を、作りたいという人たちに、参加したのも、この雑誌のせいなんですよ」

「それは、どういうことですか？」

「寺沢は、めちゃめちゃ怒っていましたね。この雑誌に書いてあることは、全部ウソだ。この雑誌を出している瀬戸新太郎という男は、本当の江ノ電ファンじゃない。それを、思い切りぶつけてやる。そういっていました。そのうちに『わが江ノ電の真実』という本が出るでしょうけど、それには、この雑誌に対する批判が、たくさん書いてあると思いますわ」

と、亜紀が、いった。

一時間ほどすると、小学校から、七歳の息子信一が帰ってきて、続いて、寺沢信介も、帰ってきた。

寺沢は、二人の刑事を見て、ギョッとしたような表情になった。息子を外で遊ぶよう促し、改めて身構えた姿勢をみせる。

寺沢には、明らかに、十津川たちに隠していることがあるに違いない。十津川は、そう確信した。

「何の用ですか？」

と、いって、寺沢は、十津川を睨《にら》んだ。

「今、私たち警視庁と神奈川県警は、合同で、江ノ電に関する、ある事件の捜査に当たっています」

十津川が、いうと、寺沢は、バカにしたように、

「それで、事件は、解決したのですか？」

「たった今、事件は解決したと確信しました」

「今？　いったい、どういうことですか？」

「今、あなたを見て、この事件は、解決したと確信したんですよ」

「まさか、僕が犯人だというんじゃないでしょうね？　警部さんが、どんなふうに、事件を解決したのか、話してもらおうじゃありませんか？」

挑戦的な目で、寺沢が、十津川を見つめる。

「私が、今、この事件が解決したと考える理由を、話しましょう。まず、あなたの親友の、田中学さんが、死んだ時のことから、始めましょうか？　田中学さんは、同じ江ノ

電ファンと一緒に、鎌倉にやって来た。そこで、江ノ電が、ゆっくりと走っているのを見て、自転車で、競走したら、どちらが、速く走れるのか？　それを、試してみようと、田中さんは、ほかの仲間を、江ノ電に乗せ、自分は、自転車に乗って、同時にスタートした。ところが、江ノ電周辺の路地は、狭く曲がりくねっていて、走りにくい。やっと、大通りに出た途端に、車と衝突し、田中さんは、亡くなってしまったんです。私なんかが、考えると、発想は面白いけれど、亡くなったのは、お気の毒です。これも、江ノ電が好きなあまりの行動だと思えば、理解できるかもしれませんが、ある人間は、そのことを、バカな行動だと、批判した。それが、ここにある、雑誌『列車マンスリー』の江ノ電特集で、編集していたのが、瀬戸新太郎なのです」

十津川は、寺沢の前に、「列車マンスリー」を置いた。

「あなたはこれを読んで、激怒したのではありませんか？　田中学さんはあなたの親友だし、死ぬ直前、あなたの子供に、江ノ電のオモチャを、送ってくれたんです。ところが、この雑誌は、親しくしていた田中さんの行動を、バカにしていますし、死んだことを当然の報いだというようにも、書いています。これが、今回の事件の発端だと、私は考えています。その後、突然、原田大輔という、十九歳の大学生が殺され、その死体のそばには、江ノ電のオモチャが、置かれていました。誰が犯人かは、もう、分かっています。あなたが、原田大輔を殺したんです」

「証拠は? 証拠はあるんですか?」

「それは、原田大輔の過去にあります」

「いっておきますがね、私と原田大輔という大学生の間には、何の関係も、ありませんよ。いくら調べたって、繋《つな》がりは、何もないんだ。それなのに、どうして、全く知らない原田大輔を、私が殺すんですか？」

「そうです。あなたと原田大輔の間には、いくら調べても、何も、浮かんできません。実際に、何の関係もないんですからね」

「それなら、僕が、彼を殺す理由もないじゃありませんか？」

「私も最初は、そう考えました。ところが、原田大輔のことを、調べていくと、問題の雑誌『列車マンスリー』の発行人、瀬戸新太郎と関係があったんですよ。瀬戸新太郎の妹が結婚し、その妹夫婦の間に、生まれたのが、原田大輔なんです。それだけでは、ありません。もう一つ、分かったことがあります。瀬戸新太郎が出した『列車マンスリー』の江ノ電特集号ですが、その中に、江ノ電ファンの観光客が、たくさん来るのは嬉《うれ》しいが、中には、イタズラ盛りの子供がいて、江ノ電のレールの上に、石を並べたりして遊んでいる。なぜ、親が注意しないのか？　子供がこんなことをするのは、親が叱らないからである。こんなことをする子供の親も、本当の江ノ電ファンではない。そういう記事が、載っているんですよ。

ところで、原田大輔ですが、小学校一年生の時、鎌倉に遊びに来ました。今から、十二年も前のことです。イタズラっ子だった小学校一年生の、原田大輔は、鎌倉に旅行に来て、江ノ電の近くの旅館に、泊まったのですが、朝、旅館を抜け出して、江ノ電のレールの上に、小石を載せるという、『列車マンスリー』が叱った、まさにそのイタズラをしているんです。それだけではありません。当時の新聞を読むと、その石を、列車がはねたところ、その石が、近くにいた女の子の目に、当たって、すぐに、病院で治療を受けたのですが、その女の子は、とうとう、片方の目を失明してしまったんです。もちろん、そんなことは、イタズラの主である、七歳の原田大輔は、知る由もありません。そんなことがあったのに、伯父の瀬戸新太郎は、自分が主宰している雑誌の中で、江ノ電のレールの上に石を置いて喜んでいるような子供や、それを叱らない親は、本当の、江ノ電ファンではないという内容の原稿を、書いているのです。あなたは、それを知って、なおさら、腹を立てたのではありませんか？　しかし、そこで、すぐ、原田大輔を殺したのではない。あなたは、きっと、瀬戸新太郎か、原田大輔に、正直に過去の傷を明らかにしろと、いったに違いない。ところが、それを拒否されたので、殺してしまった。そして、その死体のそばに、江ノ電のオモチャを置いておいたのです。これが、第一の殺人です。

次は、田中学さんの奥さん、田中友子さんの死体が、江ノ電の踏切に、置かれていた事件です。最初、私たちは、犯人が、江ノ電に対する抗議のつもりで、死体を、踏切に置いておいたのだと考えました。しかし、いくら考えても、死体を、踏切の上に置いた理由が、分かりませんでした。江ノ電のあの踏切で、人身事故が起きたこともなかったし、女性の身元も、なかなか分からなくて、どうにも、捜査が進まなかったのです。それが、今になると分かってきたんですよ。田中学さんが、乗用車と衝突して死んだ後、夫を失った田中友子さんは、夫のことを批判した『列車マンスリー』と、その主宰者、瀬戸新太郎に対して、あなた以上に、腹を立てていたと思うのです。

そこで、彼女は、何をしたか？　田中友子さんは、ある日、自宅を出て、日暮里の駅前のビジネスホテルに、チェックインしました。そのホテルのフロント係の女性に、花火の火薬で作った爆弾を与えて、それを、国土交通大臣の家に、投げ込んできたら、十万円をあげると、いった。フロント係は、いわれるままに、爆弾を、夜、国土交通大臣の家の庭に、投げ込んで、十万円を手に入れました。これは、田中友子さんの作戦で、いずれ、彼女は、瀬戸新太郎の家に、もう一つの爆弾を、投げ込もうとしていたのだと、私は、思っています。いかにも、江ノ電のファンらしい、子供っぽいことをやって、不運にも事故で死んでしまった夫のことをバカにした、瀬戸新太郎の家に、爆弾を投げ込んで、脅かしてやろう。そう思って、自分で爆弾を作って、瀬戸新太郎の家に、行ったのだと思うのです。ところが、資産家で、用心深い瀬戸新太郎は、自宅に、何人も用心棒を置いていると、私は聞きました。たぶん、爆弾を持って、瀬戸新太郎の家に向かった田中友子さんは、その用心棒に捕まってしまったのだと思うのです。それでもなお、爆弾を、投げつけようとして、用心棒に首を絞められて、殺されてしまったのではないでしょうか？　その後、瀬戸新太郎は、用心棒に命じて、死体をどこかに、捨てさせたのではないか。

一方、あなたは、田中友子さんのことが心配で、見回っていたが、彼女が殺され、その死体が用心棒によって捨てられるのを目にしたのではないか。あなたは、その死体を、黙って運んできて、江ノ電の踏切に置いたのではありませんか？　それは、江ノ電に対する抗議ではなくて、瀬戸新太郎に対して、あんたが用心棒に殺させた女は、ちゃんと、踏切に置いてある。つまり、お前が、やったことは、知っているんだぞという意味で、江ノ電の踏切の上に放置しておいたのですよ。そうしておいて、田中友子さんが持っていた、ハンドバッグの中に、例の江ノ電のオモチャを、入れておいた。あなたは、田中友子さんの死体を、江ノ電の踏切に放置することによって、瀬戸新太郎という男に対して、お前こそ、ニセの江ノ電ファンだ。原田大輔という十九歳の大学生を殺したのも、江ノ電の踏切に、田中友子さんの死体を置いておくのも、お前に対する挑戦状なのだ。それが、あなたの、いいたかったことじゃありませんか？」

「話としては、なかなか面白いですが、何か証拠でもあるのですか？　私が、原田大輔という大学生を殺したり、友子さんの死体を、江ノ電の踏切に置いておいたりしたのを、見ていた人が、いるとでもいうんですか？」

「今のところ、何の証拠もありません。全て、私の想像です」

「話になりませんね。それとも、僕の逮捕状でも、持ってこられたんですか？」

「いや、持ってきてはいませんよ。今のところ、何の証拠も、ありませんからね」

「それなら、申し訳ありませんが、お帰りになってください。私には仕事がありますので」

寺沢信介が、いった。

「いわれるまでもなく、帰りますが、一つだけ、あなたに、忠告をしてもいいですか？」

「忠告って、何ですか？」

「もうお止《や》めなさい」

「何をですか？」

「瀬戸新太郎という男に対する復讐《ふくしゆう》です。それはもう、お止めになったほうが、いいですよ。今、私が、いいたいのは、それだけです」

十津川は、亀井を促して、立ち上がった。

2

十津川は、そのまま、捜査本部には戻らず、パトカーで、多摩川を越えて、鎌倉まで行くことにした。車で、どのくらいの時間がかかるのか、それが、知りたかったからである。

鎌倉警察署に着くと、矢吹警部に会い、今日、寺沢信介に会ったことを告げた。

矢吹は、十津川の話を、聞き終わると、

「十津川さんは、その寺沢信介という男が、一連の事件の犯人だと、確信されているようですね？」

「ええ、そうです。寺沢信介以外に、犯人は考えられません」

「しかし、彼が、犯人だという証拠は、ないんでしょう？」

「ありません。証拠があれば、今頃、逮捕していますよ」

「なるほど」

「私は今日、亀井刑事と二人で、寺沢信介に会いに行きました。その時、彼は、私に対して、というよりも、警察に対して、挑戦的な目をしていました。その目を見た途端に、この男こそ、一連の事件の犯人だと、確信したのです」

「十津川さんの話は分かりましたが、どうして、最後の詰めをしておかなかったんですか？」

「最後の詰め？」

「そうです。十津川さんは、原田大輔を殺したことも、女性の死体を、江ノ電の踏切に置いたことも、全て、寺沢信介のやったことだと決めつけたんでしょう？　それなら、どうして、その後のことを、寺沢信介に、おっしゃらなかったのですか？」

「ああ、例の絵のことですね」

「日本画家の戸山秋穂の絵を奪い取って、その絵を、返す代わりに、要求する絵を描け。犯人は、そういったわけですよ。犯人が寺沢信介なら、彼が、戸山秋穂に命じて、子供が負傷している絵を描かせた。それには、オモチャの江ノ電が描かれてある。その件について、どうして、十津川さんは、寺沢信介にいわなかったんですか？」

「絵の件は、わざと、いわなかったんですよ」

「どうしてですか？」

矢吹が、きき、亀井も、

「私も、その理由を、知りたいですね」

「その件について、私の考えをいいましょう」

十津川が、口を開いた。

「寺沢信介の家に行って、改めて分かったのですが、もともと子供は二人いました。七歳の男の子と、四歳の女の子です。女の子は、ご存じのように亡くなっています。当然、問題の絵のことが、浮かんできましたよ。たぶん、私だけではなく、誰もが考えるのが、あの絵のことであり、自動車事故で死んだ田中学が、死ぬ直前に、鎌倉駅で、江ノ電のオモチャを買い、それを寺沢家宛てに、送ったことです。たぶん、田中学が送った江ノ電のオモチャを、二人の子供が奪い合い、ケンカでもして、男の子が、投げつけたのではないでしょうか？　それで、四歳の女の子が転倒し、後頭部を打ってしまったんですよ。すぐ病院に運んだが、不幸にも、亡くなってしまった。自分こそ、本当の江ノ電のファンだと、寺沢信介は、自任していた。そして、友人の田中学も、同じように、江ノ電のファンでした。江ノ電ファンの田中学が、江ノ電と競走しようとして、自転車を走らせていた時、車と衝突して、死んでしまった。その田中学が、送ってくれた江ノ電のオモチャで、可愛《かわい》い盛りの四歳の子供が、亡くなってしまったのです」

「ということは、寺沢信介は、江ノ電を憎んでいた。そういうことですか？」

「いや、違います。寺沢は、江ノ電を恨んではいないと、思うのです。四歳の子供が亡くなってしまったのも、子供自身のケンカが原因ですから。寺沢信介は、江ノ電は恨まず、偉そうな記事を書く、瀬戸新太郎に、腹を立てたに違いないと思うのですよ。瀬戸新太郎という男は、江ノ電のファンを自任しているが、あんなものは、ニセ者だ。それなのに、本当の江ノ電ファンの自分の家では、江ノ電のオモチャで、四歳の子供が、亡くなってしまった。こんな理不尽なことがあるだろうかと、考えているうちに、瀬戸新太郎も同じ目に遭わせてやろう。寺沢は、そう思ったに、違いないんですよ。そうしなければ、気が済まなくなってきた寺沢は、日本画家の戸山秋穂を脅迫し、強制的に、あの絵を描かせて、瀬戸新太郎に送ったのだと思いますね」

「瀬戸新太郎には、あのくらいの小さな孫がいたんでしたね」

矢吹が、きいた。

「ええ。長女夫婦に、五歳と四歳の兄妹がいて、瀬戸新太郎は、この孫を溺愛しています」

「もう一つ、十津川さんは、江ノ電の極楽寺駅の事件について、寺沢信介には、何もおっしゃらなかったそうですね？」

「その通りです」

「なぜ、あの事件について、犯人はお前だろうと、寺沢信介に、いわなかったのですか？」

「あれですか。田中学の写真に、白い三角布をつけて、すでに、死んでいる人間だということを示している写真でしょう？　原田大輔の部屋に、江ノ電のオモチャを置いたり、田中友子の死体を、江ノ電の踏切に置いたりしたのは、二つとも、間違いなく、瀬戸新太郎に対する挑戦です。お前は、本当の江ノ電ファンについて偉そうに書いているが、お前は、本当の江ノ電ファンじゃない。ニセ者だ。そういう挑戦ですよ。それに対して、極楽寺駅で、田中学の顔写真を、筒に入れて、ホームに投げたのは、あれは、明らかに、警察に対する挑戦であって、瀬戸新太郎への挑戦ではありません。寺沢信介は、原田大輔という十九歳の大学生を殺し、次に、田中友子の死体を、踏切に置いておいた。こうしておけば、江ノ電に絡んだ事件であり、警察が調べてくれれば、瀬戸新太郎のところまで、たどっていくだろうと、期待していたんだと思うのです。しかし、われわれ警察の力足らずで、なかなか、犯人が望むようなところまで、行ってくれない。そこで、死体の身元を、少しずつ、明らかにしていったり、田中学の顔写真に三角布をつけて、極楽寺駅で、ホームに投げ落としたりして、親友の田中夫妻について、調べてもらいたかったに違いないのです」

「だから、十津川さんは、写真の件は、寺沢信介には、一言も、おっしゃらなかったのですか？」

「そうです」

「しかし、ひょっとすると、あれも、瀬戸新太郎に対する、挑戦かもしれないじゃないですか？」

「たしかに、その可能性も、ないわけじゃありません。ただ、私は、あの写真は、すでに瀬戸新太郎のところに、送られているのではないかと、思ったのです。顔写真の額に、白い三角布をつけたものを瀬戸新太郎に送りつける。そうすれば、死者の格好をしたこの男が、自転車に乗って、江ノ電と競走した男と分かり、それについて批判的な文章を書いたこと、また、彼の妻を殺したことを、瀬戸新太郎は、当然、思い出すだろうと、寺沢信介は、思ったはずなんです」

「お二人が、寺沢信介の家を訪ねた時、寺沢信介について、ほかに気づかれたことはありませんか？」

「向こうに行って、初めて知ったのは、寺沢信介が、八年間勤めた会社を、辞めてしまっていたことです。現在、鎌倉に、江ノ電ファンが集まっているクラブがあって、本当の、江ノ電の姿を書いた本を、出そうとしている。寺沢信介は、毎日、車で通って、そのグループと一緒に活動しているのだと分かりました」

「会社まで辞めてしまったということは、彼が、瀬戸新太郎という男や、彼が主宰している雑誌の記事に対して、いかに、腹を立てているのかが分かりますね」

「そうです」

「十津川さんが、寺沢信介に対して、これだけは、分かっているんだぞと、いっている間、奥さんの亜紀さんは、どうしていたんですか？　一緒に話を聞いていたんですか？」

「一緒に、聞いていましたよ。私は最初、寺沢信介一人を、外に呼び出して、話をしようかと、思いましたが、妻の亜紀さんも、別に、動揺の様子もなく、聞いていましたから、おそらく、彼女も夫の寺沢信介と同じように、江ノ電のファンで、瀬戸新太郎や、雑誌『列車マンスリー』の江ノ電特集号の記事に腹を立てているのではないかと、思いました」

「これから、十津川さんは、捜査を、どう進めていくつもりですか？　一連の事件は、寺沢信介という男が、やったことを示していますが、ちゃんとした証拠がないように聞こえますが」

「たしかに、はっきりした証拠はありませんが、彼を訪ねたことで、寺沢信介の最後の目的が、分かりました」

「これから、捜査会議を開くことになっているので、十津川さんたちにも出席していただいて、今の話を、ウチの県警本部長にも、説明してくれませんか？」

と、矢吹が、いった。

3

鎌倉警察署で、捜査会議が開かれ、そこで、十津川は、寺沢信介が、今回の一連の事件の犯人と、確信した理由を、説明した。

「君は、寺沢信介の顔を見た瞬間、この男が、全ての事件の犯人だと、確信したと、いっている」

と、本部長が、いう。

「その通りです」

「その辺を、もう少し、具体的に話してくれないか？」

「寺沢信介の顔を見ていて、閃《ひらめ》いたようにいいましたが、私が、彼を今回の事件の犯人だと、確信した理由は、それだけではありません。ほかにも、いくつかの、理由があります。寺沢は、八年間勤めた会社を、辞めています。多摩川の近くに、二階建ての家を買い、そこに移っています。川を越えれば、江ノ電の走る神奈川県に、なるのです。鎌倉に、江ノ電ファンが集まって『わが江ノ電の真実』という本を作ろうとしているのですが、寺沢信介は、毎日、車で通い、そのグループに、参加して、本の制作を手伝っているのです。そうしたことを考え合わせて、この男が、犯人だと、確信したのです」

「最大の問題は、次に、この寺沢信介が、何をするかと、いうことだろう。君は、寺沢信介が、何を企んでいると、思うのかね？」

「寺沢信介が、犯人だとすれば、鎌倉に住む日本画家の戸山秋穂を脅迫して、無理やり描かせた、あの奇妙な絵を、いったいどうしたのかが、疑問として残ります。私は、その絵を、瀬戸新太郎に送ったのではないかと、思っているのです。絵には、江ノ電のオモチャと、ケガした幼児が、額から血を流している姿が、描かれています」

「それは、知っている」

「瀬戸新太郎には、五歳と四歳の、可愛い孫が、二人います。四歳の子が、額に江ノ電のオモチャをぶつけて、ケガをすれば、孫を溺愛している瀬戸新太郎は、間違いなく、傷つくと思うのですよ。そうした思いを、味わわせてやりたいと思ったのではないか。矢吹警部にも、お話ししたのですが、寺沢信介にも子供が二人いて、四歳の女の子が、兄から江ノ電のオモチャをぶつけられて、はずみで死亡しているのです。しかし、寺沢は、別に江ノ電を恨んではいなかったのです。ところが瀬戸は、誌面で、子供のイタズラを注意したりしているのです。それで、寺沢は、同じことを瀬戸新太郎にも、味わわせてやりたい。そう思って、問題の絵を、送りつけたに違いないのです」

「そうだとすると、君は間違いなく、寺沢信介が、瀬戸新太郎の家を、襲うと、考えているんだね？」

「はい。最後は、そうするだろうと、思っています」

「それが、成功すると思うかね？」

「分かりませんが、かなり難しいのではないかと思います」

「君が話したように、瀬戸新太郎の家には、用心棒が、いるからかね？」

「瀬戸新太郎について、調べてみると、瀬戸新太郎という五十二歳の男は、かなりの資産家で、用心深く、鉄筋三階建ての、家の中のドアには、数字式の錠がかかっていて、一週間に一回ぐらいの割合で、本人が、番号を変えてしまうので、なかなか、簡単には入れないそうです。運転手と、秘書を二人雇っていますが、いずれも、学生時代に、空手部や柔道部に所属していたという、屈強な男たちで、単なる運転手や秘書ではなくて、あれは、瀬戸新太郎の用心棒だと、多くの人が、証言しています。玄関や勝手口には、最新のセキュリティシステムが、完備されているそうです」

「なるほど、それでは、かなり難しいかもしれないな」

「もう一つ、田中友子を殺したのは、瀬戸新太郎の用心棒ではないかと、考えています。彼女が、手製の爆弾を、瀬戸新太郎の自宅に放り込もうとして、用心棒に捕まってしまい、首を絞めて殺されてしまった。今、申し上げたように、家のセキュリティが、完璧で、用心棒代わりの運転手や秘書がいれば、女性が爆弾を投げつけようとして捕まり、首を絞められて殺されてしまったというのも、有り得ると思うのですよ。そういう家ですから、寺沢信介が忍び込もうとしても、難しいかもしれません」

「もう一度確認するが、君は、寺沢信介が、瀬戸新太郎を、狙うと思っているんだね？」

「はい。そう思っています」

「それは、いつ頃だと思うかね？」

「早ければ、今日明日にも実行すると思います」

と、十津川は、いった。

4

十津川は、こちらに来る時、部下の刑事たちに、成城《せいじょう》にある、瀬戸新太郎の家を、調べるように、また、東京都調布市にある、寺沢信介の家も監視して、何かあったら、すぐに、連絡するようにと命じておいた。

瀬戸新太郎を調べに行っていた西本刑事と日下刑事から、十津川の携帯に、電話が入った。

「明日、瀬戸新太郎の娘夫妻が、二人の子供、もちろん、瀬戸新太郎から見れば、孫に当たりますが、その二人を連れて、遊びに来るそうです」

「明日か？」

確認するように、十津川が、きいた。

「そうです。娘夫妻が、子供を連れてやってきます」

「七日目の最後の一日か」

十津川は、つぶやいた。

続いて、寺沢信介の家を監視しながら、周辺で聞き込みを行っていた、三田村と北条早苗刑事の二人から、電話が入った。

「これは、同じ調布市内に住んでいて、寺沢と親しくしている秋山《あきやま》という男から聞いたのですが、一週間前に、寺沢夫妻は、市役所に、離婚届を提出したそうですよ」

「本当か？」

「市役所に聞いて確認していますから、間違いありません」

北条早苗が、いった。

「まだ二人は、同居しているんだろう？」

「その通りですが、一週間前に、離婚届を出して、戸籍上は、夫婦でなくなっているのも、事実です」

「一週間前だな？」

「夫婦揃《そろ》って市役所に来て、離婚届を、出したそうです」

十津川は、電話を切ると、部下の刑事が伝えてきた話を、そのまま、県警本部長に伝えた。

「何となく、嫌な匂いがするな」

本部長も、すぐ、興味を示した。

「明日、瀬戸新太郎の家に、娘夫妻が、子供を連れてやってくるそうですが、これは、前々から決まっていたことではないかと思います」

「それで、離婚届は、一週間前に、提出されているわけか」

「考えてみますと、一週間前から、いろいろな事件が、発生していますし、犯人は、やたらに、一週間という期日を気にしています」

「そうか、犯人は、一週間に、焦点を合わせているわけだな？」

「はい。犯人は、一週間以内に、決着をつけようとしています。一週間前に、離婚届を出した時から、おそらく一週間後、つまり、明日、瀬戸新太郎の家に、娘夫妻が、子供を連れて遊びに来ることは、決まっていたのではないかと、思うのです」

「警察としては、瀬戸新太郎を殺させるようなことは、絶対に阻止したい。どんなことがあっても、彼を、守らなければならない。君に、その自信があるのか？」

　本部長が、十津川に、きいた。

「瀬戸新太郎を、守るだけならば、簡単だと、思います」

「どう簡単なのかね？」

「瀬戸新太郎の家は、まるで、要塞ですよ。何しろ、ドアというドアには全て、数字錠がついていますし、用心棒が、三人もいるのです。それに対して、攻める寺沢信介は一人です。奥さんとは、一週間前に、離婚していますからね。第一、寺沢は、プロの殺し屋でもありませんし、殺しのテクニックがあるわけでもありません。たぶん、黙っていても、寺沢が、瀬戸新太郎の家に、一歩足を踏み入れた途端に、用心棒に、捕まってしまいますよ」

「そうか、われわれが放っておいても、寺沢は、瀬戸新太郎の用心棒に、捕まってしま
い、ヘタをすると、殺されてしまうか」

「その恐れが、十分にあります」

「そんな事態も、警察としては、防ぎたい。君は、どうしたらいいと思う?」

「捜査一課の刑事が二人、すでに、成城の瀬戸新太郎の自宅近くに、行っています。私
と亀井刑事も、今夜中には、成城に行くつもりです」

「それでは、神奈川県警からも、何人か、刑事を送ろう。責任者は、矢吹警部にする。
彼なら、君とも、連絡が取りやすいだろう」

この後、細かいことを、十津川と、矢吹警部は、打ち合わせることになった。

「正直にいいますとね」

十津川が、矢吹に、いった。

「何でしょう?」

「簡単なのは、寺沢信介を、殺人容疑と死体遺棄容疑で、逮捕してしまうことです。こ
の二つの容疑で留置してしまえば、明日のことを、あれこれと心配する必要は、ないの

です」

「しかし、逮捕令状は取れますか？」

「今の段階では、まず、無理でしょう。寺沢信介は、大学一年生の原田大輔を殺し、田中友子の死体を、江ノ電の踏切に放置した。この二つは、寺沢信介の犯行だと、私は、確信しています。しかし、証拠がないんですよ。原田大輔を殺したという証拠も、なかなか、見つかりませんし、田中友子の死体を、江ノ電の踏切に置いたという、証拠もありません。特に、田中友子の場合、殺したのは、寺沢信介ではなくて、瀬戸新太郎の家に、爆弾を投げつけようとして、用心棒に捕まってしまい、首を絞められて、殺されてしまったと、思うのです。令状を取るには、この前提から説明をしないと、ダメですが、この前提にも、証拠がありません。あくまでも、私の勝手な想像ですから」

十津川が、苦笑した。

「今日中には、その二つの事件について、証拠をつかむのは、難しいですか？」

「まず、無理でしょうね」

「しかし、十津川さんは、犯人は、寺沢信介だと、確信しているわけでしょう？」

「そうです。犯人は、彼以外に考えられません」

「そうなると、明日が、勝負だということになりますね」

「寺沢信介が、明日、瀬戸新太郎の家の前に行ったところを、逮捕したのでは、すぐに、釈放せざるを得なくなります。まだ、何もしていないのですから」

「わかります」

「寺沢信介が、瀬戸新太郎の家に踏み込んだところを、逮捕すれば、住居侵入で逮捕して、捜査本部に連行することができます」

「だからといって、家の周りを、監視していて、寺沢信介が、瀬戸新太郎の家に踏み込んでから、取り押さえようとすれば、その前に、用心棒に、殺されてしまう可能性だって、ありますよ」

「それでは、どうしたらいいか。明日、瀬戸新太郎の家に入り、寺沢信介がやって来るのを、待ちますか？」

「そうなると、寺沢信介が、近づかなくなる恐れも、あります」

「たしかに、その恐れも、十分にありますね」

「寺沢信介が忍び込んだ直後に、用心棒たちに捕まって、殺されてしまった場合は、用心棒の運転手、あるいは、秘書を、逮捕できますが、しかし、正当防衛を主張されたら、これもまた、釈放せざるを得なくなるかもしれませんね。私は、瀬戸新太郎のような男に、借りを作るのは、イヤなんですよ」

夕食を済ませた後、十津川と亀井は、いったん、東京に戻ることにした。

県警の矢吹警部は、自分も同行し、瀬戸新太郎の家を見てみたいと、いった。

三人が東京に着いた時には、すでに、辺りは暗くなっていた。

亀井刑事が、覆面パトカーを運転し、三人で、瀬戸新太郎の家に向かった。

瀬戸新太郎の家の前には、通りを隔てて、中古のマンションが、建っているのだが、道路沿いの空き部屋に、すでに、三田村と北条早苗の二人が、入っていた。

二DKの平凡な間取りの部屋である。

十津川たちも、その部屋に入ってみた。

目の前に、瀬戸新太郎の家が見える。

途中のコンビニで、買ってきた食料を、部屋の真ん中に置いた。

五人分の菓子パン、煎餅《せんべい》、オニギリ、牛乳とお茶。どうせ徹夜になるだろうからと、買ってきたものである。

ガラス戸を閉めたままで、瀬戸新太郎の家を、うかがった。

高い塀が、その家を、取り囲んでいる。こちらは五階なので、ありがたいことに、その塀に、遮られることもなく、瀬戸新太郎の家全体を、見渡すことができた。

どの部屋にも、灯《あか》りがついていた。

庭も母屋も、たやすく、見ることができた。ただ、灯りはついているものの、カーテンが下りていて、中の様子はうかがい知ることは、できない。

こちらで調べたところ、運転手と秘書が、近くのコンビニまで買い物に行き、食料やビール、ワイン、日本酒などを買っていったという。

そのコンビニには、三田村が、行って、どんな品物を買って帰ったかを、メモしてきた。

「向こうさんも、こちらと同じように、二日分の食べ物や飲み物を、買っていったそうです」

三田村が、報告した。

彼が、コンビニの店長から聞いて、書き取った品物が、メモ用紙に、並んでいる。

ビール、日本酒、ワイン、ウーロン茶、菓子パン十個、タバコ、これは、セブンスターが十個である。そして、週刊誌が五冊。

「たしかに、量は多いですが、向こうは、こちらでは考えつかないようなものまで買っていますね」

と、亀井が、いった。

十津川も、うなずいて、

「こちらは全員、タバコを吸わないから、買わなかったが、向こうさんは、セブンスターを十個も買っている。たぶん、一人か二人、ヘビースモーカーが、いるんだ」

「もう一つ、牛乳を、買っていませんよ」

三田村が、いった。

「健康的なミルクよりも、どちらかといえば、ビールやワイン、日本酒のほうが、いいみたいな連中だな」

十津川が、笑った。

それに、近くの食堂に、ラーメン五つと、チャーハン二つ、餃子を五皿注文し、店員が、それを届けている。その出前の店員も、店に帰ってきたところで、呼び寄せ、話を聞くことにした。

もちろん、警察が張り込んでいることは、絶対に、内緒にしておいてくれと頼んでおいてから、十津川が、その二十代の店員に、話を聞いた。

「瀬戸さんの家に出前に行ったのは、今日が初めてかな？」

「いえ、あの家には、月に、二、三回は出前をしています」

「今日はラーメンを五つとチャーハンを二つ、それに、餃子を五皿、それだけを運んだわけだね？」

「ええ、そうです」

「勝手口から入っていって、その時、誰が受け取ったの？」

「よく見る、運転手さんですよ」

「裏にドアがあるんだけど、そのドアを開けると、警報が鳴るシステムになっているんじゃないの？」

亀井が、きいた。

「そうなんですよ。黙ってドアを開けると、間違いなく、大きな警報音が鳴るんです。でも、今日は、運転手さんが、ドアを開けて待っていてくれました。だから、警報が鳴って、ビックリすることも、ありませんでした」

「出前に行って、いつもと違っていたのは、運転手が、勝手口のドアを、開けてくれた。それだけ？」

「これは、気のせいかも、しれないんですけど、家の中の雰囲気が、何となく、緊張していましたね」

出前の店員が、いった。

「どうして、家の中が、緊張していると分かったの？」

「いつもだと、出前を届けると、家の奥のほうから、どうだ、今日は、旨《うま》そうかと、大きな声でいわれたり、毎回たくさん注文しているんだから、たまにはサービスしろよとか、運転手さんが、声をかけてきたりするんですよ。でも、今日は黙って、出前を受け取って、奥に持っていってしまいましたね。奥からの声もしなかったし」

と、店員が、いった。

「どうやら、向こうも緊張して、警戒しているようですね」

三田村が、いった。

「その理由は、何でしょうか？　明日、寺沢信介がやって来るのを知っていて、それでピリピリしているんでしょうか？」

「いや、その可能性は、小さいと思うね。大きな理由は、田中友子の問題だと、思っている。私の勝手な想像なんだが、田中友子が、夫の田中学のことで腹を立てていて、手製の爆弾を、あの家に投げ込もうとして捕まり、殺された。そのことが、寺沢によって、明らかになるのを恐れているんだよ」

　十津川たちは、寺沢信介が現れるのを、待った。

やがて、寺沢の運転する車が到着した。十津川たちが入っているマンションの前に、車は停車したが、寺沢が降りてくる気配がない。

寺沢を尾行してきた刑事の覆面パトカーも到着したが、こちらも、そのまま動かなかった。

「これから、いったい、何が起きるんですかね？」

矢吹警部が、その言葉を口にした途端、目の前の瀬戸新太郎宅の中で、爆発が起きた。炎と煙が噴出する。

　誰かが、屋敷に、爆弾を、投げ込んだのか？

　続いて、屋敷の別の場所で、爆発が起きて、炎が噴き出した。それを待っていたように、停《と》まっていた車から、寺沢信介が、勢いよく、飛び出してきて、手に何かを持ち、目の前の屋敷に向かって、突進していく。

十津川たちも、マンションから飛び出した。

寺沢が手に持っていたのは、小さな斧《おの》だった。それを使って玄関のドアを叩《たた》き壊すと、家の中に、飛び込んでいく。

三階建ての屋敷は、煙が立ち籠《こ》めて、視界が利かない。その煙の中に、十津川たちは、飛び込んでいった。煙の中から、悲鳴が聞こえた。

一瞬、煙が流れて、視界が利いた。

目の前で、寺沢信介と大男が、殴り合っているのが見えた。

寺沢が、手に持っていた斧が、なくなっている。相手は、木刀を持っている。たぶん、それで、寺沢の斧を叩き落としたのだろう。

「止めろ！　警察だ！」

十津川が、怒鳴った。

それでも、寺沢は止めようとはしない。

構わずに、刑事たちは、目の前にいる男たちに飛びついていき、組み伏せて、次々に、手錠をかけていった。

それでも反抗してくる人間に対しては、脅しのために、刑事が、宙に向かって、拳銃を撃った。

銃声と、怒号と、悲鳴が交錯したが、五、六分で静かになった。刑事たちは、目の前の人間に向かって飛びつき、手錠をかけていったので、犯人の、寺沢信介だけではなく、この屋敷の主《あるじ》、瀬戸新太郎にも手錠をかけた。

一方、寺沢信介の車を追ってきた、刑事たちが、邸《やしき》の外から、爆弾を投げている女を見つけて、逮捕した。女は、寺沢信介と離婚したばかりの元妻、亜紀だった。

5

寺沢信介の尋問を、十津川と亀井が始めた。

「君は、瀬戸新太郎に、問題の絵を、送ったはずだ」

「送りましたよ。脅かしてやったんです」

「それなのに、君は、瀬戸新太郎の娘夫妻が、子供を連れてやってくるまで、待たずに、殴り込んだ。何故《なぜ》だね？」

「実際に、瀬戸新太郎の孫の顔を見たら、殺したり、傷つけたりすることができるはずが、ないじゃありませんか」

「それなのに、どうして、あんな絵を、送りつけたんだ？」

「あれは、単なる、脅しだったんですよ。狙いは最初から、瀬戸新太郎でした。刑事さんがいて、瀬戸新太郎を、殺せなかったのは、ちょっと心残りですがね。あれだけ脅かせば、すっきりしましたよ」

寺沢は、笑った。

「奥さんとの離婚も、その気はなかったのか?」

「僕は、その気でしたよ。僕は、殺人と死体遺棄の罪で、間違いなく、刑務所行きでしょうからね。その前に、家内とは、離婚しておいたほうがいい。そう思ったんですが、あいつは勝手に、僕の応援をしてくれたんです。爆弾を、あの屋敷に投げつけてね。あれで、あいつも捕まると思いますが、申し訳ないことをしたと、思っていますよ」

寺沢は初めて、悲しそうな顔になった。

解　説

山前　譲

二〇〇六年、「観光立国推進基本法」が成立した。二〇〇八年には観光庁が設けられ、とりわけ海外から観光客を呼び込もうと、さまざまな施策を講じている。そして、訪日外国人旅行者、いわゆるインバウンドのひとつの目標として年間二千万人が掲げられたが、円安も追い風となって早々に達成されそうだ。

そうした海外観光客に人気の観光地といえば、京都や奈良、あるいは東京の浅草のような、「日本的」をキーワードとした地域がまず挙げられるはずだ。そんな認識を持っていたから、江ノ島電鉄、通称江ノ電の鎌倉高校前駅が観光客で賑《にぎ》わっているというニュースを目にした時には、ずいぶんと驚かされた。

何度も乗降したことのある駅だからよく知っている。鎌倉と藤沢を結ぶ路線の途中の、小さな駅で、駅舎に観光客の興味をひくような特徴があるわけではない。駅名の通り、近くに高校はあるけれど、有名な名刹があるわけではない。ホームから望む相模湾の景色は、いかにも「湘南」という素晴らしいものだが、わざわざ海外から押し寄せるようなところではないだろう……。

ところがこれはいささか古い知識だったのである。駅近くの踏切が、人気漫画『SLAM DUNK』（井上雄彦・作）がアニメ化されたときのオープニングの映像とそっくりだと、話題になっているのだという。そこで記念撮影をすることが、とくに台湾からの観光客のあいだでは大ブームになっているらしい。それがあってか、二〇一三年に江ノ電は、台湾の平渓線と乗車券による交流をスタートさせている。

そういえば一九七〇年代半ば、極楽寺駅付近がテレビドラマ『俺たちの朝』の舞台となって、若者たちが押し寄せたこともあった。古都・鎌倉のイメージが強いけれど、世代を超えてたくさんの観光客が訪れている。通勤や通学、あるいは買い物と、沿線住民にとって貴重な鉄路としての歴史を重ねてきた一方で、観光路線としてますます注目を集めているのが江ノ電だ。

その人気の鉄路をミステリーの舞台としているのが、二〇〇九年四月号から十月号まで「問題小説」に連載され、同年十二月に徳間書店より刊行された本書『鎌倉江ノ電殺人事件』である。もちろんお馴染《なじ》みの十津川警部の推理行が堪能できる。

渋谷のマンションの一室が最初の事件現場だった。被害者は大学一年生の男性で、青酸カリによる中毒死だった。捜査を始めた十津川は、その部屋にあった奇妙な猫の置物が気になる。ガラスの猫の顔に「2」と書かれた紙が貼られていたからだ。

そこに突然、オモチャの電車が走り出してきた。江ノ電の模型だった。それを見ていた十津川は、急に思い立って、毒が入れられていたシャンパンのボトルを持ち上げてみる。するとその底には「1」と書かれた紙が！

はたしてその数字は連続殺人の予告なのだろうか。十津川と亀井は神奈川県警の警部とともに、鎌倉駅から江ノ電に乗ってみる。藤沢駅で降りると今度は車の中から、江ノ電の周辺を観察していく。何も変わったところはないようだ……。

だが翌日、極楽寺駅と稲村ヶ崎駅間の踏切に、第二の死体が出現する。三十代の女性だったが、どこかで殺されたあとそこに遺棄され、江ノ電がはねてしまったのだ。そして鎌倉駅で発見された彼女のバッグからは、また江ノ電の模型が……。神奈川県警と協力しての十津川警部の精力的な捜査が、江ノ電沿線で展開されていく。

藤沢駅を起点に、江ノ島、腰越、鎌倉高校前、七里ヶ浜、極楽寺、長谷といった駅を結んで鎌倉へと至る江ノ電の路線距離は、わずか十キロメートルしかない。鉄道の規模からすればローカル線だろう。だが、二〇一四年度の利用客はなんと千七百万人を超えたというのだ。鎌倉や長谷の大仏、江ノ島といった人気観光地が沿線にあるとはいえ、とんでもない数字だ。もちろん経営も黒字である。

江ノ電は一九〇二年に路面電車として開業している。一部の駅間では一般道を走ったりもするので、初めて乗車する人は驚くかもしれない。交差点で赤信号になった時には、一時停止して待ったりもするのだ。海岸沿いに疾走する区間がある一方で、路面電車の名残として急カーブも多い鉄道である。

だからなかなかスピードアップもできず、藤沢・鎌倉間を三十分ほどかけて走っている。鉄道ミステリー的に言えば、じつは藤沢・鎌倉間はJRを利用したほうが遥かに早い。藤沢・大船・鎌倉で形作られる三角形の二辺を利用するのだから、アリバイトリックでも考えたいところである。沿線の風景も楽しみたい観光客には、そののんびりとした走りは大歓迎だろう。

そしてこの江ノ電は、十津川警部には忘れられない鉄路となっているはずだ。短編の「江ノ電の中の目撃者」で語られているのだが、大学時代、ヨット部の合宿で訪れた湘南で、十津川はある女性と出会い、そして恋をしてしまう。初恋だった。ただ、その恋は哀《かな》しい結末を迎えてしまう。この長編で十津川警部は、若き日の辛《つら》い思い出を胸に秘めて捜査にあたっているに違いない。

江ノ電沿線を舞台とした十津川警部シリーズには、長編『鎌倉・流鏑馬神事の殺人』や短編「湘南情死行」などがあるが、江ノ電と直接的な関係では『京都嵐電殺人事件』に注目したい。

事件はもちろん、京都の嵐電こと京福電鉄嵐山線に絡んで起こっているのだが、その嵐電と江ノ電が二〇〇九年から姉妹提携しているからだ。嵐電に江ノ電のイメージカラーに塗装された電車が走る一方で、江ノ電に嵐電のイメージカラーに塗装された電車が走ったりするなど、色々なイベントが行われている。『京都嵐電殺人事件』は東西の古都を走る鉄道のそうした縁を背景にしての長編なのだ。本書と合わせて読むとより江ノ電への興味が高まるに違いない。

『鎌倉江ノ電殺人事件』は、鎌倉に住む日本画家が登場して、そしてその画家が事件と絡んでいくなかで、江ノ電と事件との関係がますます深まっていく。ふたつの事件に姿を見せた江ノ電の模型は、いったい何を意味するのだろうか……。犯人像のなかなかはっきりしない難事件に、さすがの十津川警部も苦しんでいる。

今でこそ多くの利用客を誇っているが、道路整備が進みマイカーブームとなった一九六〇年代には、江ノ電も廃線の危機を迎えたことがあった。ただ、沿線の宅地開発が進んだことや、前述の『俺たちの朝』が新たな観光客を呼び込んだことで、復活していくのである。もはや誰も、廃線などとは口にしないだろう。

『俺たちの朝』だけでなく、『稲村ジェーン』や『最後から二番目の恋』など、江ノ電はたびたび映画やテレビドラマの舞台となってきた。沿線の風景や江ノ電の車両は、時代の流れからはちょっと離れて、どこか懐かしい雰囲気を残している。大都市の近郊を走りながらローカル線の味わいがあるのも、この路線の魅力のひとつだろう。

二〇〇八年から二〇一四年まで江ノ電の社長を務めた深谷研二氏は、その著書『江ノ電10㎞の奇跡』のなかで、〝昔の鉄道の質を変えず、心を失わなかったこと〟で江ノ電が生き残ることができたと述べている。

べつに江ノ電愛好家というわけではないし、沿線に住んだこともないのだが、江ノ電にはこれまで何百回と乗車している。作中にたびたび登場する、鎌倉駅近くのコーヒー店も数え切れないくらい利用してきた。小町通りの入り口にある老舗である。もっとも、十津川が「これは、やたらに、おいしいホットケーキですね」と絶賛しているホットケーキは、ほとんど食べたことはないのだけれど。

江ノ電は数多くの人に素敵な思い出を残してきたに違いない。また一方で、まだ乗車できず、憧れを抱いている人もたくさんいるに違いない。その江ノ電の魅力と謎解きの愉しさの絶妙なカップリングが、この『鎌倉江ノ電殺人事件』である。

（やままえ・ゆずる　推理小説研究家）

本書は、二〇一一年六月、徳間文庫として刊行されました。
単行本　二〇〇九年十二月、徳間書店

＊この作品はフィクションであり、実在の個人・団体・事件などとは、一切関係ありません。

西村京太郎の本

幻想と死の信越本線

行方不明の姉はたぶん殺されている、犯人を捜してほしいという女が現れた。関係者が上野発〝特急あさま3号〟の車中で毒殺され、信州で起きた放火が浮かぶ……。鉄道ミステリー。

十津川警部　飯田線・愛と死の旋律《メロディ》

エリート官僚が襲われ、意識不明の重体。被害者は航空機事故の審議委員で、折しも経営不振の航空会社に国から多額の融資が行われると情報が入る。捜査を進める十津川警部だが……。

集英社文庫

西村京太郎の本

明日香・幻想の殺人

奈良高松塚古墳で、古代貴人の衣裳の男が絞殺死体で発見された。被害者は資産家の小池恵之介。小池の口座からは30億円もの大金が消え……。十津川警部、古代史の闇に迫る名推理。

十津川警部　秩父SL・三月二十七日の証言《アリバイ》

消費者金融の元社長夫妻殺害で漫画家の戸川を逮捕。が、旅行作家が戸川のSL乗車のアリバイを証言し……。SL乗車中の犯罪！　鉄壁のアリバイに挑む十津川警部。旅情ミステリー。

西村京太郎の本

九州新幹線「つばめ」誘拐事件

新幹線内で幼児が誘拐された。犯人の要求は、開発中の新薬情報。幼児は、無事解放されたが、容疑者らしい女が死体で発見され……。十津川警部の名推理。長編トラベルミステリー。

十津川警部　小浜線に椿咲く頃、貴女《あなた》は死んだ

十津川警部の妻・直子の女子大時代の友人が殺害される。警部は、友人達の住む京都へ。直子の大学で〝椿〟に纏わる事件があったことを突き止め……。京都と小浜を結ぶ謎を追う名推理。

集英社文庫

西村京太郎の本

門司・下関 逃亡海峡

夫の浮気を知り、嫉妬に狂う妻が焼身自殺！だが、遺体から睡眠薬が検出され、現場から逃げた夫に容疑がかかる！　無実を主張し愛人と逃避行する男を追いつめる十津川警部の名推理。

十津川警部 三陸鉄道 北の愛傷歌

東日本大震災で行方不明の恋人の渚から、奇跡の電話がはいる！　真相を追う近藤と、大臣殺害事件を捜査する十津川警部は、岩手県K村へ。浄土ヶ浜を舞台に描く長編旅情ミステリー。

集英社文庫

鎌倉《かまくら》江《え》ノ《の》電《でん》殺人《さつじん》事件《じけん》

2016年 4 月25日　第 1 刷　　定価はカバーに表示してあります。

著　者　西村《にしむら》京《きょう》太郎《たろう》

発行者　村田登志江

発行所　株式会社　集英社
東京都千代田区一ツ橋2-5-10　〒101-8050
電話　【編集部】03-3230-6095
【読者係】03-3230-6080
【販売部】03-3230-6393（書店専用）

印　刷　大日本印刷株式会社

製　本　大日本印刷株式会社

フォーマットデザイン　アリヤマデザインストア　　マークデザイン　居山浩二

ISBN978-4-08-745429-1 C0193

ダッシュエックス文庫

小柳さんと。

反響体X

2024年12月30日　第1刷発行

★定価はカバーに表示してあります

発行者　瓶子吉久
発行所　株式会社　集英社
〒101−8050　東京都千代田区一ツ橋2−5−10
03（3230）6229（編集）
03（3230）6393（販売／書店専用）03（3230）6080（読者係）
印刷所　大日本印刷株式会社
編集協力　後藤陶子

ISBN978-4-08-631582-1 C0193